小经典系列

SINCE 2020

LUXUNJINGDIANQUANJI

XIAOJINGDIANLIXIE

迅经典全集

野草

鲁迅/著

中国文史出版社

图书在版编目（CIP）数据

野草/鲁迅著．—北京：中国文史出版社，2020.5（2023.5）
（鲁迅经典全集）
ISBN 978-7-5205-2007-2

Ⅰ.①野… Ⅱ.①鲁… Ⅲ.①鲁迅诗歌-诗集②鲁迅杂文-杂文集 Ⅳ.①I210.2

中国版本图书馆 CIP 数据核字（2020）第 067159 号

责任编辑：刘　夏
封面设计：周　飞

出版发行：**中国文史出版社**
社　　址：北京市海淀区西八里庄路 69 号 邮编：100036
电　　话：010-81136606 81136602 81136603（发行部）
传　　真：010-81136655
印　　装：三河市华晨印务有限公司
经　　销：全国新华书店
开　　本：880×1230　1/32
印　　张：60　　　字数：1400 千字
版　　次：2020 年 5 月北京第 1 版
印　　次：2023 年 5 月第 5 次印刷
定　　价：298.00 元（全 10 册）

目　录

野草

题辞……………………………………… 3
秋夜……………………………………… 5
影的告别………………………………… 7
求乞者…………………………………… 9
我的失恋 ……………………………… 11
复仇 …………………………………… 13
复仇（其二） ………………………… 15
希望 …………………………………… 17
雪 ……………………………………… 20
风筝 …………………………………… 22
好的故事 ……………………………… 25
过客 …………………………………… 27
死火 …………………………………… 33
狗的驳诘 ……………………………… 35
失掉的好地狱 ………………………… 36
墓碣文 ………………………………… 38
颓败线的颤动 ………………………… 40
立论 …………………………………… 43

死后 …… 45
这样的战士 …… 49
聪明人和傻子和奴才 …… 51
腊叶 …… 54
淡淡的血痕中 …… 56
一觉 …… 58

诗歌

旧体诗 …… 63
新体诗 …… 83

华盖集续编

小引 …… 89
杂论管闲事·做学问·灰色等 …… 90
有趣的消息 …… 97
学界的三魂 …… 102
古书与白话 …… 105
一点比喻 …… 107
不是信 …… 110
我还不能"带住" …… 123
送灶日漫笔 …… 126
谈皇帝 …… 129
无花的蔷薇 …… 131
无花的蔷薇之二 …… 136
"死地" …… 140
可惨与可笑 …… 143

空谈……………………………………………………… 145
无花的蔷薇之三…………………………………………… 148
新的蔷薇…………………………………………………… 152
为半农题记《何典》后，作 ……………………………… 155
记“发薪” …………………………………………………… 158
记谈话……………………………………………………… 164
上海通信…………………………………………………… 169
厦门通信…………………………………………………… 173
厦门通信（二） …………………………………………… 176
厦门通信（三） …………………………………………… 178
海上通信…………………………………………………… 182

野　　草

题 辞

当我沉默着的时候，我觉得充实；我将开口，同时感到空虚。①

过去的生命已经死亡。我对于这死亡有大欢喜，因为我借此知道它曾经存活。死亡的生命已经朽腐。我对于这朽腐有大欢喜，因为我借此知道它还非空虚。

生命的泥委弃在地面上，不生乔木，只生野草，这是我的罪过。

野草，根本不深，花叶不美，然而吸取露，吸取水，吸取陈死人②的血和肉，各各夺取它的生存。当生存时，还是将遭践踏，将遭删刈〔yì，割〕，直至于死亡而朽腐。

但我坦然，欣然。我将大笑，我将歌唱。

我自爱我的野草，但我憎恶这以野草作装饰的地面。

地火在地下运行，奔突；熔岩一旦喷出，将烧尽一切野草，以及乔木，于是并且无可朽腐。

但我坦然，欣然。我将大笑，我将歌唱。

① 《野草》共收二十三篇散文诗，均作于北洋军阀统治下的北京。当时《新青年》已经解体，和作者一起战斗过的战友们分道扬镳，作者感到苦闷而且失望。他在一九三四年十月九日给萧军的信中曾提到《野草》，说："我的那一本《野草》，技术并不算坏，但心情太颓唐了，因为那是我碰了许多钉子之后写出来的。"关于某些篇里的文字隐晦问题，作者后来在《〈野草〉英文译本序》中亦有解释："因为那时难于直说，所以有时措辞就很含糊了。"

② 陈死人：死去很久的人。

天地有如此静穆，我不能大笑而且歌唱。天地即不如此静穆，我或者也将不能。我以这一丛野草，在明与暗，生与死，过去与未来之际，献于友与仇，人与兽，爱者与不爱者之前做证。

为我自己，为友与仇，人与兽，爱者与不爱者，我希望这野草的死亡与朽腐，火速到来。要不然，我先就未曾生存，这实在比死亡与朽腐更其不幸。

去罢，野草，连着我的题辞！

一九二七年四月二十六日，鲁迅记于广州之白云楼上。

＊本篇最初发表于一九二七年七月二日北京《语丝》周刊第一三八期，在本书最初几次印刷时都曾印入。

秋　夜

在我的后园，可以看见墙外有两株树，一株是枣树，还有一株也是枣树。

这上面的夜的天空，奇怪而高，我生平没有见过这样的奇怪而高的天空。他仿佛要离开人间而去，使人们仰面不再看见。然而现在却非常之蓝，闪闪地䀹着几十个星星的眼，冷眼。他的口角上现出微笑，似乎自以为大有深意，而将繁霜洒在我的园里的野花草上。

我不知道那些花草真叫什么名字，人们叫他们什么名字。我记得有一种开过极细小的粉红花，现在还开着，但是更极细小了，她在冷的夜气中，瑟缩地做梦，梦见春的到来，梦见秋的到来，梦见瘦的诗人将眼泪擦在她最末的花瓣上，告诉她秋虽然来，冬虽然来，而此后接着还是春，蝴蝶乱飞，蜜蜂都唱起春词来了。她于是一笑，虽然颜色冻得红惨惨的，仍然瑟缩着。

枣树，他们简直落尽了叶子。先前，还有一两个孩子来打他们别人打剩的枣子，现在是一个也不剩了，连叶子也落尽了。他知道小粉红花的梦，秋后要有春；他也知道落叶的梦，春后还是秋。他简直落尽叶子，单剩干子，然而脱了当初满树是果实和叶子时候的弧形，欠伸得很舒服。但是，有几枝还低压着，护定他从打枣的竿梢所得的皮伤，而最直最长的几枝，却已默默地铁似的直刺着奇怪而高的天空，使天空闪闪地鬼䀹眼；直刺着天空中圆满的月亮，使月亮窘得发白。

鬼䀹眼的天空越加非常之蓝，不安了，仿佛想离去人间，避开枣树，只将月亮剩下。然而月亮也暗暗地躲到东边去了。而一无所有的干子，却仍然默默地铁似的直刺着奇怪而高的天空，一意要制他的死命，不管他各式各样地䀹着许多蛊惑的眼睛。

哇的一声，夜游的恶鸟飞过了。

我忽而听到夜半的笑声，吃吃地，似乎不愿意惊动睡着的人，然而四围的空气都应和着笑。夜半，没有别的人，我即刻听出这声音就在我嘴里，我也即刻被这笑声所驱逐，回进自己的房。灯火的带子也即刻被我旋高了。

后窗的玻璃上叮叮地响，还有许多小飞虫乱撞。不多久，几个进来了，许是从窗纸的破孔进来的。他们一进来，又在玻璃的灯罩上撞得叮叮地响。一个从上面撞进去了，他于是遇到火，而且我以为这火是真的。两三个却休息在灯的纸罩上喘气。那罩是昨晚新换的罩，雪白的纸，折出波浪纹的叠痕，一角还画出一枝猩红色的栀子。

猩红的栀子开花时，枣树又要做小粉红花的梦，青葱地弯成弧形了……我又听到夜半的笑声；我赶紧砍断我的心绪，看那老在白纸罩上的小青虫，头大尾小，向日葵子似的，只有半粒小麦那么大，遍身的颜色苍翠得可爱，可怜。

我打一个呵欠，点起一支纸烟，喷出烟来，对着灯默默地敬奠这些苍翠精致的英雄们。

一九二四年九月十五日。

* 本篇最初发表于一九二四年十二月一日《语丝》周刊第三期。

影的告别

人睡到不知道时候的时候，就会有影来告别，说出那些话——

有我所不乐意的在天堂里，我不愿去；有我所不乐意的在地狱里，我不愿去；有我所不乐意的在你们将来的黄金世界里，我不愿去。

然而你就是我所不乐意的。

朋友，我不想跟随你了，我不愿住。

我不愿意！

呜乎呜乎，我不愿意，我不如彷徨于无地。

我不过一个影，要别你而沉没在黑暗里了。然而黑暗又会吞并我，然而光明又会使我消失。

然而我不愿彷徨于明暗之间，我不如在黑暗里沉没。

然而我终于彷徨于明暗之间，我不知道是黄昏还是黎明。我姑且举灰黑的手装作喝干一杯酒，我将在不知道时候的时候独自远行。

呜乎呜乎，倘若黄昏，黑夜自然会来沉没我，否则我要被白天消失，如果现是黎明。

朋友，时候近了。

我将向黑暗里彷徨于无地。

你还想我的赠品。我能献你什么呢？无已，则仍是黑暗和虚空而已。但是，我愿意只是黑暗，或者会消失于你的白天；我愿意只是虚空，决不占你的心地。

我愿意这样，朋友——

我独自远行，不但没有你，并且再没有别的影在黑暗里。只有我被黑暗沉没，那世界全属于我自己。

一九二四年九月二十四日。

* 本篇最初发表于一九二四年十二月八日《语丝》周刊第四期。

求乞者

我顺着剥落的高墙走路，踏着松的灰土。另外有几个人，各自走路。微风起来，露在墙头的高树的枝条带着还未干枯的叶子在我头上摇动。

微风起来，四面都是灰土。

一个孩子向我求乞，也穿着夹衣，也不见得悲戚，而拦着磕头，追着哀呼。

我厌恶他的声调，态度。我憎恶他并不悲哀，近于儿戏；我烦厌他这追着哀呼。

我走路。另外有几个人各自走路。微风起来，四面都是灰土。

一个孩子向我求乞，也穿着夹衣，也不见得悲戚，但是哑的，摊开手，装着手势。

我就憎恶他这手势。而且，他或者并不哑，这不过是一种求乞的法子。

我不布施，我无布施心，我但居布施者之上，给予烦腻，疑心，憎恶。

我顺着倒败的泥墙走路，断砖叠在墙缺口，墙里面没有什么。微风起来，送秋寒穿透我的夹衣；四面都是灰土。

我想着我将用什么方法求乞：发声，用怎样声调？装哑，用怎样手势？……

另外有几个人各自走路。

我将得不到布施，得不到布施心；我将得到自居于布施之上者的烦腻，疑心，憎恶。

我将用无所为和沉默求乞……

我至少将得到虚无。

微风起来，四面都是灰土。另外有几个人各自走路。

灰土，灰土，……

……

灰土……

一九二四年九月二十四日。

* 本篇最初发表于一九二四年十二月八日《语丝》周刊第四期。

我的失恋

——拟古①的新打油诗

我的所爱在山腰；
想去寻她山太高，
低头无法泪沾袍。
爱人赠我百蝶巾；
回她什么：猫头鹰。
从此翻脸不理我，
不知何故兮使我心惊。

我的所爱在闹市；
想去寻她人拥挤，
仰头无法泪沾耳。
爱人赠我双燕图；
回她什么：冰糖壶卢。
从此翻脸不理我，
不知何故兮使我糊涂。

我的所爱在河滨；
想去寻她河水深，

① 拟古：因为该诗是模拟东汉科学家、文学家张衡《四愁诗》的格式，故称。《四愁诗》共四首，均以“我所思兮在××”始，以“何为怀忧心××”作结。

歪头无法泪沾襟。
爱人赠我金表索；
回她什么：发汗药。
从此翻脸不理我，
不知何故兮使我神经衰弱。

　　我的所爱在豪家；
想去寻她兮没有汽车，
摇头无法泪如麻。
爱人赠我玫瑰花；
回她什么：赤练蛇。
从此翻脸不理我，
不知何故兮——由她去罢。

一九二四年十月三日。

＊本篇最初发表于一九二四年十二月八日《语丝》周刊第四期。

复 仇

人的皮肤之厚，大概不到半分，鲜红的热血，就循着那后面，在比密密层层地爬在墙壁上的槐蚕更其密的血管里奔流，散出温热。于是各以这温热互相蛊惑，煽动，牵引，拼命地希求偎倚，接吻，拥抱，以得生命的沉酣的大欢喜。

但倘若用一柄尖锐的利刃，只一击，穿透这桃红色的，菲薄的皮肤，将见那鲜红的热血激箭似的以所有温热直接灌溉杀戮者；其次，则给以冰冷的呼吸，示以淡白的嘴唇，使之人性茫然，得到生命的飞扬的极致的大欢喜；而其自身，则永远沉浸于生命的飞扬的极致的大欢喜中。

这样，所以，有他们俩裸着全身，捏着利刃，对立于广漠的旷野之上。

他们俩将要拥抱，将要杀戮……

路人们从四面奔来，密密层层的，如槐蚕爬上墙壁，如马蚁要扛鲞〔xiǎng，剖开晾干的鱼〕头。衣服都漂亮，手倒空的。然而从四面奔来，而且拼命地伸长脖子，要赏鉴这拥抱或杀戮。他们已经豫觉着事后的自己的舌上的汗或血的鲜味。

然而他们俩对立着，在广漠的旷野之上，裸着全身，捏着利刃，然而也不拥抱，也不杀戮，而且也不见有拥抱或杀戮之意。

他们俩这样地至于永久，圆活的身体，已将干枯，然而毫不见有拥抱或杀戮之意。

路人们于是乎无聊；觉得有无聊钻进他们的毛孔，觉得有无聊从他们自己的心中由毛孔钻出，爬满旷野，又钻进别人的毛孔中。他们于是觉得喉舌干燥，脖子也乏了；终至于面面相觑，慢慢走散；甚而至于居然觉得干枯到失了生趣。

于是只剩下广漠的旷野，而他们俩在其间裸着全身，捏着利刃，干枯地立着；以死人似的眼光，赏鉴这路人们的干枯，无血的大戮，而永远沉浸于生命的飞扬的极致的大欢喜中。

一九二四年十二月二十日。

*本篇最初发表于一九二四年十二月二十九日《语丝》周刊第七期。

复　仇（其二）

因为他自以为神之子，以色列的王①，所以去钉十字架。

兵丁们给他穿上紫袍，戴上荆冠，庆贺他；又拿一根苇子打他的头，吐他，屈膝拜他；戏弄完了，就给他脱了紫袍，仍穿他自己的衣服。

看哪，他们打他的头，吐他，拜他……

他不肯喝那用没药②调和的酒，要分明地玩味以色列人怎样对付他们的神之子，而且较永久地悲悯他们的前途，然而仇恨他们的现在。

四面都是敌意，可悲悯的，可咒诅的。

丁丁地响，钉尖从掌心穿透，他们要钉杀他们的神之子了，可悯的人们呵，使他痛得柔和。丁丁地响，钉尖从脚背穿透，钉碎了一块骨，痛楚也透到心髓中，然而他们自己钉杀着他们的神之子了，可咒诅的人们呵，这使他痛得舒服。

十字架竖起来了；他悬在虚空中。

他没有喝那用没药调和的酒，要分明地玩味以色列人怎样对付他们的神之子，而且较永久地悲悯他们的前途，然而仇恨他们的现在。

① 以色列的王：犹太人的王，此处指耶稣。

② 没药：一名末药，梵语音译。以没药树树皮中渗出的脂液制成，有镇静、麻醉作用。

路人都辱骂他，祭司长和文士①也戏弄他，和他同钉的两个强盗也讥诮〔jī qiào，冷言冷语地讥讽〕他。

看哪，和他同钉的……

四面都是敌意，可悲悯的，可咒诅的。

他在手足的痛楚中，玩味着可悯的人们的钉杀神之子的悲哀和可咒诅的人们要钉杀神之子，而神之子就要被钉杀了的欢喜。突然间，碎骨的大痛楚透到心髓了，他即沉酣于大欢喜和大悲悯中。

他腹部波动了，悲悯和咒诅的痛楚的波。

遍地都黑暗了。

"以罗伊，以罗伊，拉马撒巴各大尼?!"（翻出来，就是：我的上帝，你为什么离弃我?!）

上帝离弃了他，他终于还是一个"人之子"；然而以色列人连"人之子"都钉杀了。

钉杀了"人之子"的人们身上，比钉杀了"神之子"的尤其血污，血腥。

一九二四年十二月二十日。

*本篇最初发表于一九二四年十二月二十九日《语丝》周刊第七期。

① 祭司长和文士：祭司长，古犹太教中掌管祭祀的人，权力很大；文士，负责宣讲法律，并记录和保管官方文件。他和祭司长同属统治领导阶层。

希　望

我的心分外地寂寞。

然而我的心很平安：没有爱憎，没有哀乐，也没有颜色和声音。

我大概老了。我的头发已经苍白，不是很明白的事么？我的手颤抖着，不是很明白的事么？那么我的灵魂的手一定也颤抖着，头发也一定苍白了。

然而这是许多年前的事了。

这以前，我的心也曾充满过血腥的歌声：血和铁，火焰和毒，恢复和报仇。而忽而这些都空虚了，但有时故意地填以没奈何的自欺的希望。希望，希望，用这希望的盾，抗拒那空虚中的暗夜的袭来，虽然盾后面也依然是空虚中的暗夜。然而就是如此，陆续地耗尽了我的青春。

我早先岂不知我的青春已经逝去？但以为身外的青春固在：星，月光，僵坠的蝴蝶，暗中的花，猫头鹰的不祥之言，杜鹃的啼血，笑的渺茫，爱的翔舞……虽然是悲凉缥缈的青春罢，然而究竟是青春。

然而现在何以如此寂寞？难道连身外的青春也都逝去，世上的青年也多衰老了么？

我只得由我来肉薄这空虚中的暗夜了。我放下了希望之盾，我听到Pet öfi Sándor（1823—1849）① 的“希望”之歌：

希望是什么？是娼妓：

她对谁都蛊惑，将一切都献给；

待你牺牲了极多的宝贝——

你的青春——她就弃掉你。

这伟大的抒情诗人，匈牙利的爱国者，为了祖国而死在可萨克②兵的矛尖上，已经七十五年了。悲哉死也，然而更可悲的是他的诗至今没有死。

但是，可惨的人生！桀骜英勇如Pet öfi，也终于对了暗夜止步，回顾着茫茫的东方了。他说：

绝望之为虚妄，正与希望相同。③

倘使我还得偷生在不明不暗的这“虚妄”中，我就还要寻求那逝去的悲凉缥缈的青春，但不妨在我的身外。因为身外的青春倘一消灭，我身中的迟暮也即凋零了。

然而现在没有星和月光，没有僵坠的蝴蝶以至笑的渺茫，爱的翔舞。然而青年们很平安。

我只得由我来肉薄这空虚中的暗夜了，纵使寻不到身外的青春，也总得自己来一掷我身中的迟暮。但暗夜又在哪里呢？现在没有星，没有月光以至没有笑的渺茫和爱的翔舞；青年们很平安，而我的面前又竟至于并且没有真的暗夜。

① Pet öfi Sándor：裴多菲·山陀尔（1823—1849），匈牙利诗人、革命家。主要作品有《勇敢的约翰》《民族之歌》等。其《希望》一诗作于一八四五年。

② 可萨克：今译哥萨克，突厥语音译，意为“自由人”或“勇敢的人”。他们原居俄国中部，因不堪压迫而于十五、十六世纪之交逃至南部的库班河和顿河流域，自称“哥萨克人”。

③ 绝望之为虚妄，正与希望相同：此语化自裴多菲一八四七年七月十七日致友人凯雷尼·弗里杰什的信。

绝望之为虚妄，正与希望相同！

一九二五年一月一日。

* 本篇最初发表于一九二五年一月十九日《语丝》周刊第十期。

雪

暖国的雨，向来没有变过冰冷的坚硬的灿烂的雪花。博识的人们觉得他单调，他自己也以为不幸否耶？江南的雪，可是滋润美艳之至了；那是还在隐约着的青春的消息，是极壮健的处子的皮肤。雪野中有血红的宝珠山茶①，白中隐青的单瓣梅花，深黄的磬口的蜡梅花；雪下面还有冷绿的杂草。蝴蝶确乎没有；蜜蜂是否来采山茶花和梅花的蜜，我可记不真切了。但我的眼前仿佛看见冬花开在雪野中，有许多蜜蜂们忙碌地飞着，也听得他们嗡嗡地闹着。

孩子们呵着冻得通红，像紫芽姜一般的小手，七八个一齐来塑雪罗汉。因为不成功，谁的父亲也来帮忙了。罗汉就塑得比孩子们高得多，虽然不过是上小下大的一堆，终于分不清是壶卢还是罗汉；然而很洁白，很明艳，以自身的滋润相粘结，整个地闪闪地生光。孩子们用龙眼核给他做眼珠，又从谁的母亲的脂粉奁〔lián，女子梳妆用的镜匣，泛指精巧的小匣子〕中偷得胭脂来涂在嘴唇上。这回确是一个大阿罗汉了。他也就目光灼灼地嘴唇通红地坐在雪地里。

第二天还有几个孩子来访问他；对了他拍手，点头，嘻笑。但他终于独自坐着了。晴天又来消释他的皮肤，寒夜又使他结一层冰，化作不透明的水晶模样；连续的晴天又使他成为

① 宝珠山茶：据清代汪灏等撰的《广群芳谱》载："宝珠山茶，千叶含苞，历几月而放，殷红若丹，最可爱。"

不知道算什么，而嘴上的胭脂也褪尽了。

但是，朔方的雪花在纷飞之后，却永远如粉，如沙，他们决不粘连，撒在屋上，地上，枯草上，就是这样。屋上的雪是早已就有消化了的，因为屋里居人的火的温热，别的，在晴天之下，旋风忽来，便蓬勃地奋飞，在日光中灿灿地生光，如包藏火焰的大雾，旋转而且升腾，弥漫太空，使太空旋转而且升腾地闪烁。

在无边的旷野上，在凛冽的天宇下，闪闪地旋转升腾着的是雨的精魂……

是的，那是孤独的雪，是死掉的雨，是雨的精魂。

一九二五年一月十八日。

*本篇最初发表于一九二五年一月二十六日《语丝》周刊第十一期。

风　筝

北京的冬季，地上还有积雪，灰黑色的秃树枝丫叉于晴朗的天空中，而远处有一二风筝浮动，在我是一种惊异和悲哀。

故乡的风筝时节，是春二月，倘听到沙沙的风轮声，仰头便能看见一个淡墨色的蟹风筝或嫩蓝色的蜈蚣风筝。还有寂寞的瓦片风筝，没有风轮，又放得很低，伶仃地显出憔悴可怜模样。但此时地上的杨柳已经发芽，早的山桃也多吐蕾，和孩子们的天上的点缀相照应，打成一片春日的温和。我现在在哪里呢？四面都还是严冬的肃杀，而久经诀别的故乡的久经逝去的春天，却就在这天空中荡漾了。

但我是向来不爱放风筝的，不但不爱，并且嫌恶他，因为我以为这是没出息孩子所做的玩艺。和我相反的是我的小兄弟，他那时大概十岁内外罢，多病，瘦得不堪，然而最喜欢风筝，自己买不起，我又不许放，他只得张着小嘴，呆看着空中出神，有时至于小半日。远处的蟹风筝突然落下来了，他惊呼；两个瓦片风筝的缠绕解开了，他高兴得跳跃。他的这些，在我看来都是笑柄，可鄙的。

有一天，我忽然想起，似乎多日不很看见他了，但记得曾见他在后园拾枯竹。我恍然大悟似的，便跑向少有人去的一间堆积杂物的小屋去，推开门，果然就在尘封的什物堆中发见了他。他向着大方凳，坐在小凳上；便很惊惶地站了起来，失了色瑟缩着。大方凳旁靠着一个蝴蝶风筝的竹骨，还没有糊上纸，凳上是一对做眼睛用的小风轮，正用红纸条装饰着，将要完工了。我在破获秘密的满足中，又很愤怒他的瞒了我的眼睛，这样苦心孤诣地来偷做没出息孩子的玩意儿。我即刻伸手折断了蝴蝶的一支翅骨，又将风轮掷在地下，踏扁了。论长幼，论力气，他是都敌不过我的，我当然得到完全的胜利，于是傲然走出，留他绝望地站在小屋里。后来他怎样，我不知道，也没有留心。

然而我的惩罚终于轮到了，在我们离别得很久之后，我已经是中年。我不幸偶而看到了一本外国的讲论儿童的书，才知道游戏是儿童最正当的行为，玩具是儿童的天使。于是二十年来毫不忆及的幼小时候对于精神的虐杀的这一幕，忽地在眼前展开，而我的心也仿佛同时变了铅块，很重很重地堕下去了。

但心又不竟堕下去而至于断绝，他只是很重很重地堕着，堕着。

我也知道补过的方法的：送他风筝，赞成他放，劝他放，我和他一同放。我们嚷着，跑着，笑着——然而他其时已经和我一样，早已有了胡子了。

我也知道还有一个补过的方法的：去讨他的宽恕，等他说，“我可是毫不怪你呵。”那么，我的心一定就轻松了，这确是一个可行的方法。有一回，我们会面的时候，是脸上都已添刻了许多“生”的辛苦的条纹，而我的心很沉重。我们渐渐谈起儿时的旧事来，我便叙述到这一节，自说少年时代的糊涂。“我可是毫不怪你呵。”我想，他要说了，我即刻便受了宽恕，我的心从此也宽松了罢。

“有过这样的事么？”他惊异地笑着说，就像旁听着别人的故事一样。他什么也记不得了。

全然忘却，毫无怨恨，又有什么宽恕之可言呢？无怨的恕，说谎罢了。

我还能希求什么呢？我的心只得沉重着。

现在，故乡的春天又在这异地的空中了，既给我久经逝去的儿时的回忆，而一并也带着无可把握的悲哀。我倒不如躲到肃杀的严冬中去罢，——但是，四面又明明是严冬，正给我非常的寒威和冷气。

一九二五年一月二十四日。

* 本篇最初发表于一九二五年二月二日《语丝》周刊第十二期。

好的故事

灯火渐渐地缩小了，在预告石油的已经不多；石油又不是老牌，早熏得灯罩很昏暗。鞭爆的繁响在四近，烟草的烟雾在身边：是昏沉的夜。

我闭了眼睛，向后一仰，靠在椅背上；捏着《初学记》①的手搁在膝髁上。

我在蒙胧中，看见一个好的故事。

这故事很美丽，幽雅，有趣。许多美的人和美的事，错综起来像一天云锦，而且万颗奔星似的飞动着，同时又展开去，以至于无穷。

我仿佛记得曾坐小船经过山阴道②，两岸边的乌桕，新禾，野花，鸡，狗，丛树和枯树，茅屋，塔，伽蓝③，农夫和村妇，村女，晒着的衣裳，和尚，蓑笠，天，云，竹，……都倒影在澄碧的小河中，随着每一打桨，各各夹带了闪烁的日光，并水里的萍藻游鱼，一同荡漾。诸影诸物，无不解散，而且摇动，扩大，互相融和；刚一融和，却又退缩，复近于原形。边缘都参差如夏云头，镶着日光，发出水银色焰。凡是我所经过的河，都是如此。

① 《初学记》：类书名，唐代徐坚等辑，共三十卷，分二十三部。取材于群经诸子、历代诗赋及唐初诸家作品。

② 山阴道：原指绍兴城西南风景秀美之地，后为泛指。

③ 伽蓝：梵语“僧伽蓝摩”的简称，意译为“众园”或“僧院”。原指僧众居住的园林，后泛指佛教寺院。

现在我所见的故事也如此。水中的青天的底子，一切事物统在上面交错，织成一篇，永是生动，永是展开，我看不见这一篇的结束。

河边枯柳树下的几株瘦削的一丈红，该是村女种的罢。大红花和斑红花，都在水里面浮动，忽而碎散，拉长了，缕缕的胭脂水，然而没有晕。茅屋，狗，塔，村女，云，……也都浮动着。大红花一朵朵全被拉长了，这时是泼剌奔迸的红棉带。带织入狗中，狗织入白云中，白云织入村女中……在一瞬间，他们又将退缩了。但斑红花影也已碎散，伸长，就要织进塔，村女，狗，茅屋，云里去。

现在我所见的故事清楚起来了，美丽，幽雅，有趣，而且分明。青天上面，有无数美的人和美的事，我一一看见，一一知道。

我就要凝视他们……

我正要凝视他们时，骤然一惊，睁开眼，云锦也已皱蹙，凌乱，仿佛有谁掷一块大石下河水中，水波陡然起立，将整篇的影子撕成片片了。我无意识地赶忙捏住几乎坠地的《初学记》，眼前还剩着几点虹霓色的碎影。

我真爱这一篇好的故事，趁碎影还在，我要追回他，完成他，留下他。我抛了书，欠身伸手去取笔，——何尝有一丝碎影，只见昏暗的灯光，我不在小船里了。

但我总记得见过这一篇好的故事，在昏沉的夜……

一九二五年二月二十四日①。

* 本篇最初发表于一九二五年二月九日《语丝》周刊第十三期。

---

① 此写作日期迟于发表日期，有误，鲁迅一九二五年一月二十八日记载“作《野草》一篇”当指本文。

过　客

时：或一日的黄昏。

地：或一处。

人：老翁——约七十岁，白头发，黑长袍。

女孩——约十岁，紫发，乌眼珠，白地黑方格长衫。

过客——约三四十岁，状态困顿倔强，眼光阴沉，黑须，乱发，黑色短衣裤皆破碎，赤足着破鞋，胁下挂一个口袋，支着等身的竹杖。

东，是几株杂树和瓦砾；西，是荒凉破败的丛葬；其间有一条似路非路的痕迹。一间小土屋向这痕迹开着一扇门；门侧有一段枯树根。

（女孩正要将坐在树根上的老翁搀起。）

翁——孩子。喂，孩子！怎么不动了呢？

孩——（向东望着，）有谁走来了，看一看罢。

翁——不用看他。扶我进去罢。太阳要下去了。

孩——我，——看一看。

翁——唉，你这孩子！天天看见天，看见土，看见风，还不够好看么？什么也不比这些好看。你偏是要看谁。太阳下去时候出现的东西，不会给你什么好处的。……还是进去罢。

孩——可是，已经近来了。阿阿，是一个乞丐。

翁——乞丐？不见得罢。

（过客从东面的杂树间踉跄走出，暂时踌躇之后，慢慢地走近老翁去。）

客——老丈，你晚上好？

翁——阿，好！托福。你好？

客——老丈，我实在冒昧，我想在你那里讨一杯水喝。我走得渴极了。这地方又没有一个池塘，一个水洼。

翁——唔，可以可以。你请坐罢。（向女孩）孩子，你拿水来，杯子要洗干净。

（女孩默默地走进土屋去。）

翁——客官，你请坐。你是怎么称呼的。

客——称呼？——我不知道。从我还能记得的时候起，我就只一个人，我不知道我本来叫什么。我一路走，有时人们也随便称呼我，各式各样的，我也记不清楚了，况且相同的称呼也没有听到过第二回。

翁——阿阿。那么，你是从哪里来的呢？

客——（略略迟疑，）我不知道。从我还能记得的时候起，我就在这么走。

翁——对了。那么，我可以问你到哪里去么？

客——自然可以。——但是，我不知道。从我还能记得的时候起，我就在这么走，要走到一个地方去，这地方就在前面。我单记得走了许多路，现在来到这里了。我接着就要走向那边去，（西指，）前面！

（女孩小心地捧出一个木杯来，递去。）

客——（接杯，）多谢，姑娘。（将水两口喝尽，还杯，）多谢，姑娘。这真是少有的好意。我真不知道应该怎样感谢！

翁——不要这么感激。这于你是没有好处的。

客——是的，这于我没有好处。可是我现在很恢复了些力气了。我就要前去。老丈，你大约是久住在这里的，你可知道前面是怎么一个所在么？

翁——前面？前面，是坟①。

客——（诧异地，）坟？

孩——不，不，不的。那里有许多许多野百合，野蔷薇，我常常去玩，去看他们的。

客——（西顾，仿佛微笑，）不错。那些地方有许多许多野百合，野蔷薇，我也常常去玩过，去看过的。但是，那是坟。（向老翁，）老丈，走完了那坟地之后呢？

翁——走完之后？那我可不知道。我没有走过。

客——不知道?!

孩——我也不知道。

翁——我单知道南边；北边；东边，你的来路。那是我最熟悉的地方，也许倒是于你们最好的地方。你莫怪我多嘴，据我看来，你已经这么劳顿了，还不如回转去，因为你前去也料不定可能走完。

客——料不定可能走完？……（沉思，忽然惊起）那不行！我只得走。回到那里去，就没一处没有名目，没一处没有地主，没一处没有驱逐和牢笼，没一处没有皮面的笑容，没一处没有眶外的眼泪。我憎恶他们，我不回转去！

翁——那也不然。你也会遇见心底的眼泪，为你的悲哀。

客——不。我不愿看见他们心底的眼泪，不要他们为我的悲哀。

翁——那么，你，（摇头，）你只得走了。

客——是的，我只得走了。况且还有声音常在前面催促我，叫唤我，使我息不下。可恨的是我的脚早经走破了，有许

① 坟：可参看作者《写在〈坟〉后面》中的一段话："我只很确切地知道一个终点，就是：坟。然而这是大家都知道的，无须谁指引。问题是在从此到那的道路。那当然不止一条，我可正不知那一条好，虽然至今有时也还在寻求。"

多伤，流了许多血。（举起一只给老人看，）因此，我的血不够了；我要喝些血。但血在哪里呢？可是我也不愿意喝无论谁的血。我只得喝些水，来补充我的血。一路上总有水，我倒也并不感到什么不足。只是我的力气太稀薄了，血里面太多了水的缘故罢。今天连一个小水洼也遇不到，也就是少走了路的缘故罢。

翁——那也未必。太阳下去了，我想，还不如休息一会的好罢，像我似的。

客——但是，那前面的声音叫我走。

翁——我知道。

客——你知道？你知道那声音么？

翁——是的。他似乎曾经也叫过我。

客——那也就是现在叫我的声音么？

翁——那我可不知道。他也就是叫过几声，我不理他，他也就不叫了，我也就记不清楚了。

客——唉唉，不理他……（沉思，忽然吃惊，倾听着，）不行！我还是走的好。我息不下。可恨我的脚早经走破了。（准备走路。）

孩——给你！（递给一片布，）裹上你的伤去。

客——多谢，（接取，）姑娘。这真是……这真是极少有的好意。这能使我可以走更多的路。（就断砖坐下，要将布缠在踝上，）但是，不行！（竭力站起，）姑娘，还了你罢，还是裹不下。况且这太多的好意，我没法感激。

翁——你不要这么感激，这于你没有好处。

客——是的，这于我没有什么好处。但在我，这布施是最上的东西了。你看，我全身上可有这样的。

翁——你不要当真就是。

客——是的。但是我不能。我怕我会这样：倘使我得到了谁的布施，我就要像兀鹰看见死尸一样，在四近徘徊，祝愿她的灭亡，给我亲自看见；或者咒诅她以外的一切全都灭亡，连我自己，因为我就应该得到咒诅。但是我还没有这样的力量；即使有这力量，我也不愿意她有这样的境遇，因为她们大概总不愿意有这样的境遇。我想，这最稳当。（向女孩，）姑娘，你这布片太好，可是太小一点了，还了你罢。

孩——（惊惧，退后，）我不要了！你带走！

客——（似笑，）哦哦，……因为我拿过了？

孩——（点头，指口袋，）你装在那里，去玩玩。

客——（颓唐地退后，）但这背在身上，怎么走呢？……

翁——你息不下，也就背不动。——休息一会，就没有什么了。

客——对咧，休息……（默想，但忽然惊醒，倾听。）不，我不能！我还是走好。

翁——你总不愿意休息么？

客——我愿意休息。

翁——那么，你就休息一会罢。

客——但是，我不能……

翁——你总还是觉得走好么？

客——是的。还是走好。

翁——那么，你也还是走好罢。

客——（将腰一伸，）好，我告别了。我很感谢你们。（向着女孩，）姑娘，这还你，请你收回去。

（女孩惊惧，敛手，要躲进土屋里去。）

翁——你带去罢。要是太重了，可以随时抛在坟地里面的。

孩——（走向前，）阿阿，那不行！

客——阿阿，那不行的。

翁——那么，你挂在野百合、野蔷薇上就是了。

孩——（拍手，）哈哈！好！

翁——哦哦……

（极暂时中，沉默。）

翁——那么，再见了。祝你平安。（站起，向女孩，）孩子，扶我进去罢。你看，太阳早已下去了。（转身向门。）

客——多谢你们。祝你们平安。（徘徊，沉思，忽然吃惊，）然而我不能！我只得走。我还是走好罢……（即刻昂了头，奋然向西走去。）

（女孩扶老人走进土屋，随即阖了门。过客向野地里踉跄地闯进去，夜色跟在他后面。）

一九二五年三月二日。

* 本篇最初发表于一九二五年三月九日《语丝》周刊第十七期。

死　火

我梦见自己在冰山间奔驰。

这是高大的冰山，上接冰天，天上冻云弥漫，片片如鱼鳞模样。山麓有冰树林，枝叶都如松杉。一切冰冷，一切青白。

但我忽然坠在冰谷中。

上下四旁无不冰冷，青白。而一切青白冰上，却有红影无数，纠结如珊瑚网。我俯看脚下，有火焰在。

这是死火。有炎炎的形，但毫不摇动，全体冰结，像珊瑚枝；尖端还有凝固的黑烟，疑这才从火宅[①]中出，所以枯焦。这样，映在冰的四壁，而且互相反映，化成无量数影，使这冰谷，成红珊瑚色。

哈哈！

当我幼小的时候，本就爱看快舰激起的浪花，洪炉喷出的烈焰。不但爱看，还想看清。可惜他们都息息变幻，永无定形。虽然凝视又凝视，总不留下怎样一定的迹象。

死的火焰，现在先得到了你了！

我拾起死火，正要细看，那冷气已使我的指头焦灼；但是，我还熬着，将他塞入衣袋中间。冰谷四面，登时完全青白。我一面思索着走出冰谷的法子。

我的身上喷出一缕黑烟，上升如铁线蛇。冰谷四面，又登

① 火宅：佛家用语，意为充满大火的地方。

时满有红焰流动，如大火聚①，将我包围。我低头一看，死火已经燃烧，烧穿了我的衣裳，流在冰地上了。

“唉，朋友！你用了你的温热，将我惊醒了。”他说。

我连忙和他招呼，问他名姓。

“我原先被人遗弃在冰谷中，”他答非所问地说，“遗弃我的早已灭亡，消尽了。我也被冰冻冻得要死。倘使你不给我温热，使我重行烧起，我不久就须灭亡。”

“你的醒来，使我欢喜。我正在想着走出冰谷的方法；我愿意携带你去，使你永不冰结，永得燃烧。”

“唉唉！那么，我将烧完！”

“你的烧完，使我惋惜。我便将你留下，仍在这里罢。”

“唉唉！那么，我将冻灭了！”

“那么，怎么办呢？”

“但你自己，又怎么办呢？”他反而问。

“我说过了：我要出这冰谷……”

“那我就不如烧完！”

他忽而跃起，如红彗星，并我都出冰谷口外。有大石车突然驰来，我终于碾死在车轮底下，但我还来得及看见那车坠入冰谷中。

“哈哈！你们是再也遇不着死火了！”我得意地笑着说，仿佛就愿意这样似的。

一九二五年四月二十三日。

＊本篇最初发表于一九二五年五月四日《语丝》周刊第二十五期。

① 火聚：佛家用语，大火聚集的地方。

狗的驳诘

我梦见自己在隘巷中行走，衣履破碎，像乞食者。

一条狗在背后叫起来了。

我傲慢地回顾，叱咤说：

“呔！住口！你这势利的狗！”

“嘻嘻！”他笑了，还接着说，“不敢，愧不如人呢。”

“什么!?”我气愤了，觉得这是一个极端的侮辱。

“我惭愧：我终于还不知道分别铜和银①；还不知道分别布和绸；还不知道分别官和民；还不知道分别主和权；还不知道……”

我逃走了。

“且慢！我们再谈谈……”他在后面大声挽留。

我一径逃走，尽力地走，直到逃出梦境，躺在自己的床上。

一九二五年四月二十三日。

* 本篇最初发表于一九二五年五月四日《语丝》周刊第二十五期。

① 铜和银：指代钱币。旧中国货币实行银本位制，以银铸银圆，铜铸辅币。

失掉的好地狱

我梦见自己躺在床上，在荒寒的野外，地狱的旁边。一切鬼魂们的叫唤无不低微，然有秩序，与火焰的怒吼，油的沸腾，钢叉的震颤相和鸣，造成醉心的大乐，布告三界[①]：地下太平。

有一个伟大的男子站在我面前，美丽，慈悲，遍身有大光辉，然而我知道他是魔鬼。

"一切都已完结，一切都已完结！可怜的鬼魂们将那好的地狱失掉了！"他悲愤地说，于是坐下，讲给我一个他所知道的故事——

"天地作蜂蜜色的时候，就是魔鬼战胜天神，掌握了主宰一切的大威权威的时候。他收得天国，收得人间，也收得地狱。他于是亲临地狱，坐在中央，遍身发大光辉，照见一切鬼众。

"地狱原已废弛得很久了：剑树[②]消却光芒；沸油的边缘早不腾涌；大火聚有时不过冒些青烟，远处还萌生曼陀罗花[③]，花极细小，惨白可怜。——那是不足为奇的，因为地上曾经大被焚烧，自然失了他的肥沃。

"鬼魂们在冷油温火里醒来，从魔鬼的光辉中看见地狱小

① 三界：此处指天国、人间、地狱。

② 剑树：佛家用语，指一种地狱酷刑。

③ 曼陀罗花：曼陀罗为一年生草本植物，茄科，有毒。佛经说其花色纯白而有妙香，见之者能随心适意，故又称适意花。

花，惨白可怜，被大蛊惑，倏忽间记起人世，默想至不知几多年，遂同时向着人间，发一声反狱的绝叫。

“人类便应声而起，仗义执言，与魔鬼战斗。战声遍满三界，远过雷霆。终于运大谋略，布大罗网，使魔鬼并且不得不从地狱出走。最后的胜利，是地狱门上也竖了人类的旌旗！

“当鬼魂们一齐欢呼时，人类的整饬地狱使者已临地狱，坐在中央，用人类的威严，叱咤一切鬼众。

“当鬼魂们又发出一声反狱的绝叫时，即已成为人类的叛徒，得到永劫沉沦的罚，迁入剑树林的中央。

“人类于是完全掌握了主宰地狱的大威权，那威棱且在魔鬼以上。人类于是整顿废弛，先给牛首阿旁以最高的俸草；而且，添薪加火，磨砺刀山，使地狱全体改观，一洗先前颓废的气象。

“曼陀罗花立即焦枯了。油一样沸；刀一样铦；火一样热；鬼众一样呻吟，一样宛转，至于都不暇记起失掉的好地狱。

“这是人类的成功，是鬼魂的不幸……。

“朋友，你在猜疑我了。是的，你是人！我且去寻野兽和恶鬼……。

一九二五年六月十六日。

＊本篇最初发表于一九二五年六月二十二日《语丝》周刊第三十二期。

墓碣文

我梦见自己正和墓碣〔jié，圆顶的石碑〕对立，读着上面的刻辞。那墓碣似是沙石所制，剥落很多，又有苔藓丛生，仅存有限的文句——

……于浩歌狂热之际中寒；于天上看见深渊。于一切眼中看见无所有；于无所希望中得救。……

……有一游魂，化为长蛇，口有毒牙。不以啮人，自啮其身，终以殒颠①。……

……离开！……

我绕到碣后，才见孤坟，上无草木，且已颓坏。即从大阙口中，窥见死尸，胸腹俱破，中无心肝。而脸上却绝不显哀乐之状，但蒙蒙如烟然。

我在疑惧中不及回身，然而已看见墓碣阴面的残存的文句——

……抉心自食，欲知本味。创痛酷烈，本味何能知？……

……痛定之后，徐徐食之。然其心已陈旧，本味又何由知？……

……答我。否则，离开！……

我就要离开。而死尸已在坟中坐起，口唇不动，然而说——

① 殒颠：覆灭。

“待我成尘时，你将见我的微笑！”

我疾走，不敢反顾，生怕看见他的追随。

一九二五年六月十七日。

＊本篇最初发表于一九二五年六月二十二日《语丝》周刊第三十二期。

颓败线的颤动

我梦见自己在做梦。自身不知所在，眼前却有一间在深夜中紧闭的小屋的内部，但也看见屋上瓦松①的茂密的森林。

板桌上的灯罩是新拭的，照得屋子里分外明亮。在光明中，在破榻上，在初不相识的披毛的强悍的肉块底下，有瘦弱渺小的身躯，为饥饿，苦痛，惊异，羞辱，欢欣而颤动。弛缓，然而尚且丰腴的皮肤光润了；青白的两颊泛出轻红，如铅上涂了胭脂水。

灯火也因惊惧而缩小了，东方已经发白。

然而空中还弥漫地摇动着饥饿，苦痛，惊异，羞辱，欢欣的波涛……

“妈！”约略两岁的女孩被门的开阖声惊醒，在草席围着的屋角的地上叫起来了。

“还早哩，再睡一会罢！”她惊惶地说。

“妈！我饿，肚子痛。我们今天能有什么吃的？”

“我们今天有吃的了。等一会有卖烧饼的来，妈就买给你。”她欣慰地更加紧捏着掌中的小银片，低微的声音悲凉地发抖，走近屋角去一看她的女儿，移开草席，抱起来放在破榻上。

“还早哩，再睡一会罢。”她说着，同时抬起眼睛，无可告诉地一看破旧的屋顶以上的天空。

① 瓦松：一名向天草。多寄生于屋宇瓦缝间，叶针状，形似松树，故名。

空中突然另起了一个很大的波涛，和先前的相撞击，回旋而成旋涡，将一切并我尽行淹没，口鼻都不能呼吸。

我呻吟着醒来，窗外满是如银的月色，离天明还很辽远似的。

我自身不知所在，眼前却有一间在深夜中紧闭的小屋的内部，我自己知道是在续着残梦。可是梦的年代隔了许多年了。屋的内外已经是这样整齐；里面是青年的夫妻，一群小孩子，都怨恨鄙夷地对着一个垂老的女人。

"我们没有脸见人，就只因为你，"男人气愤地说。"你还以为养大了她，其实正是害苦了她，倒不如小时候饿死的好！"

"使我委屈一世的就是你！"女的说。

"还要带累了我！"男的说。

"还要带累他们哩！"女的说，指着孩子们。

最小的一个正玩着一片干芦叶，这时便向空中一挥，仿佛一柄钢刀，大声说道：

"杀！"

那垂老的女人口角正在痉挛，登时一怔，接着便都平静，不多时候，她冷静地，骨立的石像似的站起来了。她开开板门，迈步在深夜中走出，遗弃了背后一切的冷骂和毒笑。

她在深夜中尽走，一直走到无边的荒野；四面都是荒野，头上只有高天，并无一个虫鸟飞过。她赤身露体地，石像似的站在荒野的中央，于一刹那间照见过往的一切：饥饿，苦痛，惊异，羞辱，欢欣，于是发抖；害苦，委屈，带累，于是痉挛；杀，于是平静。……又于一刹那间将一切并合：眷念与决绝，爱抚与复仇，养育与歼除，祝福与咒诅……她于是举两手尽量向天，口唇间漏出人与兽的，非人间所有，所以无词的言语。

当她说出无词的言语时，她那伟大如石像，然而已经荒废的，颓败的身躯的全面都颤动了。这颤动点点如鱼鳞，每一鳞都起伏如沸水在烈火上；空中也即刻一同震颤，仿佛暴风雨中的荒海的波涛。

她于是抬起眼睛向着天空，并无词的言语也沉默尽绝，唯有颤动，辐射若太阳光，使空中的波涛立刻回旋，如遭飓风，汹涌奔腾于无边的荒野。

我梦魇〔yǎn，梦中惊叫，或觉得有什么东西压住不能动弹；迷惑〕了，自己却知道是因为将手搁在胸脯上了的缘故；我梦中还用尽平生之力，要将这十分沉重的手移开。

一九二五年六月二十九日。

＊本篇最初发表于一九二五年七月十三日《语丝》周刊第三十五期。

立　论

我梦见自己正在小学校的讲堂上预备作文，向老师请教立论的方法。

“难!”老师从眼镜圈外斜射出眼光来，看着我，说。“我告诉你一件事——

“一家人家生了一个男孩，合家高兴透顶了。满月的时候，抱出来给客人看，——大概自然是想得一点好兆头。

“一个说：‘这孩子将来要发财的。’他于是得到一番感谢。

“一个说：‘这孩子将来要做官的。’他于是收回几句恭维。

“一个说：‘这孩子将来是要死的。’他于是得到一顿大家合力的痛打。

“说要死的必然，说富贵的许谎。但说谎的得好报，说必然的遭打。你……”

“我愿意既不谎人，也不遭打。那么，老师，我得怎么说呢?”

“那么，你得说：‘啊呀！这孩子呵！您瞧！多么……阿唷！哈哈！Hehe！he，hehehehe！’①”

一九二五年七月八日。

*本篇最初发表于一九二五年七月十三日《语丝》周刊第三十五期。

① Hehe！he，hehehehe：象声词，强笑声。类似“呵呵！呵，呵呵呵呵”！

死　后

我梦见自己死在道路上。

这是那里，我怎么到这里来，怎么死的，这些事我全不明白。总之，待我自己知道已经死掉的时候，就已经死在那里了。

听到几声喜鹊叫，接着是一阵乌老鸦。空气很清爽，——虽然也带些土气息，——大约正当黎明时候罢。我想睁开眼睛来，他却丝毫也不动，简直不像是我的眼睛；于是想抬手，也一样。

恐怖的利镞忽然穿透我的心了。在我生存时，曾经玩笑地设想：假使一个人的死亡，只是运动神经的废灭，而知觉还在，那就比全死了更可怕。谁知道我的预想竟的中①了，我自己就在证实这预想。

听到脚步声，走路的罢。一辆独轮车从我的头边推过，大约是重载的，轧轧地叫得人心烦，还有些牙齿龊。很觉得满眼绯红，一定是太阳上来了。那么，我的脸是朝东的。但那都没有什么关系。切切嚓嚓的人声，看热闹的。他们踹起黄土来，飞进我的鼻孔，使我想打喷嚏了，但终于没有打，仅有想打的心。

陆陆续续地又是脚步声，都到近旁就停下，还有更多的低语声：看的人多起来了。我忽然很想听听他们的议论。但同时

---

① 的中：的为剑靶的中心。意即射中靶子。

想，我生存时说的什么批评不值一笑的话，大概是违心之论罢：才死，就露了破绽了。然而还是听；然而毕竟得不到结论，归纳起来不过是这样——

“死了？……”

“嗡。——这……”

“哼！……”

“啧。……唉！……”

我十分高兴，因为始终没有听到一个熟识的声音。否则，或者害得他们伤心；或则要使他们快意；或则要使他们加添些饭后闲谈的材料，多破费宝贵的工夫；这都会使我很抱歉。现在谁也看不见，就是谁也不受影响。好了，总算对得起人了！

但是，大约是一个蚂蚁，在我的脊梁上爬着，痒痒的。我一点也不能动，已经没有除去他的能力了；倘在平时，只将身子一扭，就能使他退避。而且，大腿上又爬着一个哩！你们是做什么的？虫豸！

事情可更坏了：嗡的一声，就有一个青蝇停在我的颧骨上，走了几步，又一飞，开口便舐我的鼻尖。我懊恼地想：足下，我不是什么伟人，你无须到我身上来寻做论的材料……但是不能说出来。他却从鼻尖跑下，又用冷舌头来舐我的嘴唇了，不知道可是表示亲爱。还有几个则聚在眉毛上，跨一步，我的毛根就一摇。实在使我烦厌得不堪，——不堪之至。

忽然，一阵风，一片东西从上面盖下来，他们就一同飞开了，临走时还说——

“惜哉！……”

我愤怒得几乎昏厥过去。

木材摔在地上的钝重的声音同着地面的震动，使我忽然清醒，前额上感着芦席的条纹。但那芦席就被掀去了，又立刻感到了日光的灼热。还听得有人说——

“怎么要死在这里？……”

这声音离我很近，他正弯着腰罢。但人应该死在哪里呢？我先前以为人在地上虽没有任意生存的权利，却总有任意死掉的权利的。现在才知道并不然，也很难适合人们的公意。可惜我久没了纸笔；即有也不能写，而且即使写了也没有地方发表了。只好就这样地抛开。

有人来抬我，也不知道是谁。听到刀鞘声，还有巡警在这里罢，在我所不应该“死在这里”的这里。我被翻了几个转身，便觉得向上一举，又往下一沉；又听得盖了盖，钉着钉。但是，奇怪，只钉了两个。难道这里的棺材钉，是只钉两个的么？

我想：这回是六面碰壁，外加钉子。真是完全失败，呜呼哀哉了！……

“气闷！……”我又想。

然而我其实却比先前已经宁静得多，虽然知不清埋了没有。在手背上触到草席的条纹，觉得这尸衾倒也不恶。只不知道是谁给我化钱的，可惜！但是，可恶，收敛的小子们！我背后的小衫的一角皱起来了，他们并不给我拉平，现在抵得我很难受。你们以为死人无知，做事就这样地草率么？哈哈！

我的身体似乎比活的时候要重得多，所以压着衣皱便格外的不舒服。但我想，不久就可以习惯的；或者就要腐烂，不至于再有什么大麻烦。此刻还不如静静地静着想。

“您好？您死了么？”

是一个颇为耳熟的声音。睁眼看时，却是勃古斋旧书铺的跑外的小伙计。不见约有二十年了，倒还是一副老样子。我又看看六面的壁，委实太毛糙，简直毫没有加过一点修刮，锯绒还是毛毵毵的。

“那不碍事，那不要紧。”他说，一面打开暗蓝色布的包裹来。“这是明板《公羊传》①，嘉靖黑口本②，给您送来了。您留下他罢。这是……”

“你！”我诧异地看定他的眼睛，说，“你莫非真正糊涂了？你看我这模样，还要看什么明板？……”

“那可以看，那不碍事。”

我即刻闭上眼睛，因为对他很烦厌。停了一会，没有声息，他大约走了。但是似乎一个蚂蚁又在脖子上爬起来，终于爬到脸上，只绕着眼眶转圈子。

万不料人的思想，是死掉之后也会变化的。忽而，有一种力将我的心的平安冲破；同时，许多梦也都做在眼前了。几个朋友祝我安乐，几个仇敌祝我灭亡。我却总是既不安乐，也不灭亡地不上不下地生活下来，都不能副任何一面的期望。现在又影一般死掉了，连仇敌也不使知道，不肯赠给他们一点惠而不费的欢欣。……

我觉得在快意中要哭出来。这大概是我死后第一次的哭。

然而终于也没有眼泪流下；只看见眼前仿佛有火花一样，我于是坐了起来。

一九二五年七月十二日。

*本篇最初发表于一九二五年七月二十日《语丝》周刊第三十六期。

① 《公羊传》：即《春秋公羊传》，“春秋三传”之一。是一部阐释《春秋》微言大义的书，传为周末齐人公羊高所作，故名。

② 黑口本：“黑口”是我国古代线装书籍的一种装帧形式，与白口相对。“口”指书页中间折叠的直缝，折缝上下两端有黑线的叫“黑口”，没有则叫“白口”。

这样的战士

要有这样的一种战士——

已不是蒙昧如非洲土人而背着雪亮的毛瑟枪①的；也并不疲惫如中国绿营兵②而却佩着盒子炮。他毫无乞灵于牛皮和废铁的甲胄；他只有自己，但拿着蛮人所用的，脱手一掷的投枪。

他走进无物之阵，所遇见的都对他一式点头。他知道这点头就是敌人的武器，是杀人不见血的武器，许多战士都在此灭亡，正如炮弹一般，使猛士无所用其力。

那些头上有各种旗帜，绣出各样好名称：慈善家，学者，文士，长者，青年，雅人，君子……头下有各样外套，绣出各式好花样：学问，道德，国粹，民意，逻辑，公义，东方文明……

但他举起了投枪。

他们都同声立了誓来讲说，他们的心都在胸膛的中央，和别的偏心的人类两样。他们都在胸前放着护心镜③，就为自己也深信心在胸膛中央的事做证。

但他举起了投枪。

① 毛瑟枪：德国人毛瑟兄弟于十九世纪七十年代设计制造的一种单发步枪，在当时属先进武器。

② 绿营兵：或称“绿旗兵”。清初为扩充兵源，于满州八旗之外，另募汉人编成军队，称汉军八旗，因其旗帜为绿色，故有绿旗兵之称。

③ 护心镜：古代为保护胸膛而在战衣前胸部位镶嵌的圆金属片。

他微笑，偏侧一掷，却正中了他们的心窝。

一切都颓然倒地；——然而只有一件外套，其中无物。无物之物已经脱走，得了胜利，因为他这时成了戕害慈善家等类的罪人。

但他举起了投枪。

他在无物之阵中大踏步走，再见一式的点头，各种的旗帜，各样的外套……

但他举起了投枪。

他终于在无物之阵中老衰，寿终。他终于不是战士，但无物之物则是胜者。

在这样的境地里，谁也不闻战叫：太平。

太平……

但他举起了投枪！

一九二五年十二月十四日。

* 本篇最初发表于一九二五年十二月二十一日《语丝》周刊第五十八期。

聪明人和傻子和奴才

奴才总不过是寻人诉苦。只要这样，也只能这样。有一日，他遇到一个聪明人。

“先生！”他悲哀地说，眼泪连成一线，就从眼角上直流下来。“你知道的。我所过的简直不是人的生活。吃的是一天未必有一餐，这一餐又不过是高粱皮，连猪狗都不要吃的，尚且只有一小碗……”

“这实在令人同情。”聪明人也惨然说。

“可不是么！”他高兴了。“可是做工是昼夜无休息的：清早担水晚烧饭，上午跑街夜磨面，晴洗衣裳雨张伞，冬烧汽炉夏打扇。半夜要煨银耳，侍候主人要钱；头钱①从来没分，有时还挨皮鞭……”

“唉唉……”聪明人叹息着，眼圈有些发红，似乎要下泪。

“先生！我这样是敷衍不下去的。我总得另外想法子。可是什么法子呢？……”

“我想，你总会好起来……”

“是么？但愿如此。可是我对先生诉了冤苦，又得你的同情和慰安，已经舒坦得不少了。可见天理没有灭绝……。”

① 头钱：亦称“抽头”，指旧时提供赌博场所的人向参与赌博者抽取一定数量的钱，有时侍候赌博的下人也能从中分得一部分。

但是，不几日，他又不平起来了，仍然寻人去诉苦。

“先生！”他流着眼泪说，“你知道的。我住的简直比猪窠还不如。主人并不将我当人；他对他的巴儿狗还要好到几万倍……”

“混账！”那人大叫起来，使他吃惊了。那人是一个傻子。

“先生，我住的只是一间破小屋，又湿，又阴，满是臭虫，睡下去就咬得真可以。秽气冲着鼻子，四面又没有一个窗……”

“你不会要你的主人开一个窗的么？”

“这怎么行？……”

“那么，你带我去看去！”

傻子跟奴才到他屋外，动手就砸那泥墙。

“先生！你干什么？”他大惊地说。

“我给你打开一个窗洞来。”

“这不行！主人要骂的！”

“管他呢！”他仍然砸。

“人来呀！强盗在毁咱们的屋子了！快来呀！迟一点可要打出窟窿来了！……”他哭嚷着，在地上团团地打滚。

一群奴才都出来了，将傻子赶走。

听到了喊声，慢慢地最后出来的是主人。

“有强盗要来毁咱们的屋子，我首先叫喊起来，大家一同把他赶走了。”他恭敬而得胜地说。

“你不错。”主人这样夸奖他。

这一天就来了许多慰问的人，聪明人也在内。

“先生，这回因为我有功，主人夸奖了我了。你先前说我总会好起来，实在是有先见之明……”他大有希望似的高兴地说。

“可不是么……”聪明人也代为高兴似的回答他。

一九二五年十二月二十六日。

* 本篇最初发表于一九二六年一月四日《语丝》周刊第六十期。

腊　叶

灯下看《雁门集》①，忽然翻出一片压干的枫叶来。

这使我记起去年的深秋。繁霜夜降，木叶多半凋零，庭前的一株小小的枫树也变成红色了。我曾绕树徘徊，细看叶片的颜色，当他青葱的时候是从没有这么注意的。他也并非全树通红，最多的是浅绛，有几片则在绯红地上，还带着几团浓绿。一片独有一点蛀孔，镶着乌黑的花边，在红，黄和绿的斑驳中，明眸似的向人凝视。我自念：这是病叶呵！便将他摘了下来，夹在刚才买到的《雁门集》里。大概是愿使这将坠的被蚀而斑斓的颜色，暂得保存，不即与群叶一同飘散罢。

但今夜他却黄蜡似的躺在我的眼前，那眸子也不复似去年一般灼灼。假使再过几年，旧时的颜色在我记忆中消去，怕连我也不知道他何以夹在书里面的原因了。将坠的病叶的斑斓，似乎也只能在极短时中相对，更何况是葱郁的呢。看看窗外，很能耐寒的树木也早经秃尽了；枫树更何消说得。当深秋时，想来也许有和这去年模样相似的病叶的罢，但可惜我今年竟没

① 《雁门集》：元代萨都剌（1272—1340）所著诗词集。萨氏世居山西雁门，故以名书。

有赏玩秋树的余闲。

一九二五年十二月二十六日。

*本篇最初发表于一九二六年一月四日《语丝》周刊第六十期。

淡淡的血痕中

——记念几个死者和生者和未生者

目前的造物主，还是一个怯弱者。

他暗暗地使天变地异，却不敢毁灭一个这地球；暗暗地使生物衰亡，却不敢长存一切尸体；暗暗地使人类流血，却不敢使血色永远鲜秾〔nóng，花木繁盛〕；暗暗地使人类受苦，却不敢使人类永远记得。

他专为他的同类——人类中的怯弱者——设想，用废墟荒坟来衬托华屋，用时光来冲淡苦痛和血痕；日日斟出一杯微甘的苦酒，不太少，不太多，以能微醉为度，递给人间，使饮者可以哭，可以歌，也如醒，也如醉，若有知，若无知，也欲死，也欲生。他必须使一切也欲生；他还没有灭尽人类的勇气。

几片废墟和几个荒坟散在地上，映以淡淡的血痕，人们都在其间咀嚼着人我的渺茫的悲苦。但是不肯吐弃，以为究竟胜于空虚，各各自称为"天之僇〔lù，侮辱〕民①"。以作咀嚼着人我的渺茫的悲苦的辩解，而且悚息着静待新的悲苦的到来。新的，这就使他们恐惧，而又渴欲相遇。

这都是造物主的良民。他就需要这样。

叛逆的猛士出于人间；他屹立着，洞见一切已改和现有的

① "天之僇民"：僇同戮。僇民即受刑戮的人，罪人。原语系孔子的自谦之词，引申为受人间世俗约束的人。出自《庄子·大宗师》。

废墟和荒坟，记得一切深广和久远的苦痛，正视一切重叠淤积的凝血，深知一切已死，方生，将生和未生。他看透了造化的把戏；他将要起来使人类苏生，或者使人类灭尽，这些造物主的良民们。

造物主，怯弱者，羞惭了，于是伏藏。天地在猛士的眼中于是变色。

一九二六年四月八日。

*本篇最初发表于一九二六年四月十九日《语丝》周刊第七十五期。

一觉

飞机负了掷下炸弹的使命，像学校的上课似的，每日上午在北京城上飞行。每听得机件搏击空气的声音，我常觉到一种轻微的紧张，宛然目睹了“死”的袭来，但同时也深切地感着“生”的存在。

隐约听到一二爆发声以后，飞机嗡嗡地叫着，冉冉地飞去了。也许有人死伤了罢，然而天下却似乎更显得太平。窗外的白杨的嫩叶，在日光下发乌金光；榆叶梅也比昨日开得更烂漫。收拾了散乱满床的日报，拂去昨夜聚在书桌上的苍白的微尘，我的四方的小书斋，今日也依然是所谓“窗明几净”。

因为或一种原因，我开手编校那历来积压在我这里的青年作者的文稿了；我要全都给一个清理。我照作品的年月看下去，这些不肯涂脂抹粉的青年们的魂灵便依次屹立在我眼前。他们是绰约的，是纯真的，——呵，然而他们苦恼了，呻吟了，愤怒了，而且终于粗暴了，我的可爱的青年们！

魂灵被风沙打击得粗暴，因为这是人的魂灵，我爱这样的魂灵；我愿意在无形无色的鲜血淋漓的粗暴上接吻。缥缈的名园中，奇花盛开着，红颜的静女正在超然无事地逍遥，鹤唳〔lì，（鹤、鸿雁等）鸣叫〕一声，白云郁然而起……这自然使人神往的罢，然而我总记得我活在人间。

我忽然记起一件事：两三年前，我在北京大学的教员预备室里，看见进来一个并不熟识的青年①，默默地给我一包书，便出去了，打开看时，是一本《浅草》②。就在这默默中，使我懂得了许多话。阿，这赠品是多么丰饶呵！可惜那《浅草》不再出版了，似乎只成了《沉钟》③ 的前身。那《沉钟》就在这风沙 澒洞④中，深深地在人海的底里寂寞地鸣动。

野蓟〔jì，多年生草本植物，花紫色，可入药〕经了几乎致命的摧折，还要开一朵小花，我记得托尔斯泰曾受了很大的感动，因此写出一篇小说来。但是，草木在旱干的沙漠中间，拼命伸长他的根，吸取深地中的水泉，来造成碧绿的林莽，自然是为了自己的“生”的，然而使疲劳枯渴的旅人，一见就怡然觉得遇到了暂时息肩之所，这是如何的可以感激，而且可以悲哀的事！?

《沉钟》的《无题》——代启事——说：“有人说：我们的社会是一片沙漠。——如果当真是一片沙漠，这虽然荒漠一点也还静肃；虽然寂寞一点也还会使你感觉苍茫。何至于像这样的混沌，这样的阴沉，而且这样的离奇变幻！”

是的，青年的魂灵屹立在我眼前，他们已经粗暴了，或者将要粗暴了，然而我爱这些流血和隐痛的魂灵，因为他使我觉得是在人间，是在人间活着。

在编校中夕阳居然西下，灯火给我接续的光。各样的青春在眼前一一驰去了，身外但有昏黄环绕。我疲劳着，捏着纸

---

① 一个并不熟识的青年，应指冯至（1905—1993），诗人，河北涿县人。时为北京大学国文系学生，浅草社主要成员之一。

② 《浅草》：浅草社编辑的文艺季刊。一九二三年三月创刊，一九二五年二月停刊，共出四期。主要作者有冯至、陈翔鹤、林如稷、陈炜谟等。

③ 《沉钟》：沉钟社所编的文艺刊物。一九二五年十月创刊于北京，断断续续至一九三四年二月停刊。主要作者大多为原浅草社社员，故作者称《浅草》“似乎只成了《沉钟》的前身”。

④ 澒洞（hòng dóng），弥漫无际的样子。出自西汉贾谊（旱云赋）：“运混浊之 澒洞兮，正重沓而并起。”

烟，在无名的思想中静静地合了眼睛，看见很长的梦。忽而惊觉，身外也还是环绕着昏黄；烟篆①在不动的空气中上升，如几片小小夏云，徐徐幻出难以指名的形象。

一九二六年四月十日。

＊本篇最初发表于一九二六年四月十九日《语丝》周刊第七十五期。

① 烟篆：吸烟的烟雾袅曲上升，你是笔画圆润的篆字，故称烟篆。

诗　歌

旧体诗

别诸弟①

谋生无奈日奔驰，有弟偏教各别离。
最是令人凄绝处，孤檠长夜雨来时。

其二

还家未久又离家，日暮新愁分外加。
夹道万株杨柳树，望中都化断肠花。

其三

从来一别又经年，万里长风送客船。
我有一言应记取，文章得失不由天。

莲蓬人②

芰裳荇带处仙乡，风定犹闻碧玉香。
鹭影不来秋瑟瑟，苇花伴宿露瀼瀼。

① 本篇录自周作人日记，题下署“豫才未是草”。一九〇〇年一月二十六日，鲁迅由江南陆师学堂附设的矿路学堂回家度岁，二月十九日返校后写了这三首惜别的诗。

② 本篇录自周作人日记，写于一九〇〇年，署名戛剑生。

扫除腻粉呈风骨，褪却红衣学淡妆。
好向濂溪[①]称净植，莫随残叶堕寒塘！

庚子送灶即事[②]

只鸡胶牙糖，典衣供瓣香。
家中无长物，岂独少黄羊[③]！

祭书神文[④]

上章困敦之岁[⑤]，贾子祭诗之夕，会稽戛剑生等谨以寒泉冷华，祀书神长恩，而缀之以俚词曰：

今之夕兮除夕，香焰氤〔yīn，烟云弥漫；中国哲学术语，指万物由相互作用而变化生长〕氲兮烛焰赤。钱神醉兮钱奴忙，君独何为兮守残籍？华筵开兮腊酒香，更点点兮夜长。人喧呼兮入醉乡，谁荐君兮一觞。绝交阿堵兮尚剩残书，把酒大呼兮君临我居。缃旗兮芸舆，挈脉望兮驾蠹鱼[⑥]。寒泉兮菊菹，狂诵《离骚》兮为君娱，君之来兮毋除除。君友漆妃兮管城侯，向笔海而啸傲兮，倚文冢以淹留。不妨导脉望而登仙兮，引蠹鱼之来游。俗丁伧父兮为君仇，勿使履阈〔yù，门坎；界限〕兮增君忧。若

① 濂溪，即北宋理学家周敦颐，作有《爱莲说》。

② 本篇录自周作人日记所附《柑酒听鹂笔记》，署名戛剑生。原为句读。

③ 《后汉书·阴识传》："宣帝时阴子方者，至孝有仁恩。腊日晨炊灶神形见，子方再拜受庆；家有黄羊，因以祀之。自是已后，暴至巨富……故后常以腊日祀灶而荐黄羊焉。"

④ 本篇录自周作人日记所附《柑酒听鹂笔记》。写于一九〇〇年，署名戛剑生。

⑤ 指庚子年。

⑥ 脉望：传说中的仙虫。蠹鱼：蛀书虫。

勿听兮止以吴钩，示之《丘》《索》兮棘其喉。令管城脱颖以出兮，使彼惙惙以心愁。宁召书癖兮来诗囚，君为我守兮乐未休。他年芹茂而樨香兮，购异籍以相酬。

和仲弟送别元韵（并跋）①

梦魂常向故乡驰，始信人间苦别离。
夜半倚床忆诸弟，残灯如豆月明时。

日暮舟停老圃家，棘篱绕屋树交加。
怅然回忆家乡乐，抱瓮何时共养花？

春风容易送韶年，一棹烟波夜驶船。
何事脊令②偏傲我，时随帆顶过长天！

仲弟次予去春留别元韵三章，即以送别，并索和。予每把笔，辄黯然而止。越十余日，客窗偶暇，潦草成句，即邮寄之。嗟乎！登楼陨涕，英雄未必忘家；执手消魂，兄弟竟居异地！深秋明月，照游子而更明；寒夜怨笳，遇羁人而增怨。此情此景，盖未有不悄然以悲者矣。

辛丑仲春戛剑生拟删草

① 本篇录自周作人日记，写于一九〇一年四月初。原无标题。
② 脊令：鸣禽鸟类。《诗经·常棣》："脊令在原，兄弟急难。"

惜花四律[①]

步湘州藏春园主人元韵

鸟啼铃语梦常萦，闲立花阴盼嫩晴。
怵目飞红随蝶舞，关心茸碧绕阶生。
天于绝代偏多妒，时至将离倍有情。
最是令人愁不解，四檐疏雨送秋声。

剧怜常逐柳绵飘，金屋何时贮阿娇？
微雨欲来勤插棘，熏风有意不鸣条。
莫教夕照催长笛，且踏春阳过板桥。
祗恐新秋归塞雁，兰艭载酒桨轻摇。

细雨轻寒二月时，不缘红豆始相思。
堕裀印屐增惆怅，插竹编篱好护持。
慰我素心香袭袖，撩人蓝尾酒盈卮。
奈何无赖春风至，深院荼蘼已满枝。

繁英绕甸竞呈妍，叶底闲看蛱蝶眠。
室外独留滋卉地，年来幸得养花天。
文禽共惜春将去，秀野欣逢红欲然。
戏仿唐宫护佳种，金铃轻绾赤阑边。

① 本篇录自周作人日记所附《柑酒听鹂笔记》，署名汉真将军后裔。写于一九〇一年初夏。

自题小像①

灵台无计逃神矢，风雨如磐暗故园。
寄意寒星荃不察，我以我血荐轩辕。

哀范君三章②

风雨飘摇日，余怀范爱农。
华颠萎寥落，白眼看鸡虫。
世味秋荼苦，人间直道穷。
奈何三月别，遽尔失畸躬！

其二

海草国门碧，多年老异乡。
狐狸方去穴，桃偶已登场。
故里彤云黑，炎天凛夜长。
独沉清冽水，能否洗愁肠？

其三

把酒论当世，先生小酒人。
大圜犹酩酊，微醉自沉沦。
此别成终古，从兹绝绪言。

① 许寿裳在一九三七年一月发表的《怀旧》一文中说：“一九〇三年他（鲁迅）二十三岁，在东京有一首《自题小像》赠我。”

② 原诗最初发表于一九一二年八月二十一日绍兴《民兴日报》，署名黄棘。稿后附记说：“我于爱农之死，为之不怡累日，至今未能释然。昨忽成诗三章，随手写之，而忽将鸡虫做人，真是奇绝妙绝，辟历一声，速死豸之大狼狈矣。今录上，希大鉴定家鉴定，如不恶，乃可登诸《民兴》也。天下虽未必仰望已久，然我亦岂能已于言乎。二十三日，树又言。”

故人云散尽，我亦等轻尘！

替豆萁伸冤①

煮豆燃豆萁，萁在釜下泣。
我烬你熟了，正好办教席。

吊 卢 骚②

脱帽③怀铅出，先生盖代穷。
头颅行万里，失计造儿童。

赠 邬 其 山④

廿年居上海，每日见中华。
有病不求药，无聊才读书。
一阔脸就变，所砍头渐多。
忽而又下野，南无阿弥陀。

① 这首见于《华盖集·咬文嚼字（三）》（一九二五年）。原文说："据考据家说，曹子建的《七步诗》是假的。但也没有什么大相干，姑且利用它来活剥一首，替豆萁伸冤。"

② 这首见于《三闲集·头》（一九二八年），是模仿清朝王士祯《咏史小乐府》里吊袁绍的诗而作，讽刺梁实秋的攻击卢骚。

③ 脱帽：清末有所谓卢骚帽，作者因此联想到脱帽。怀铅：意为带着笔。

④ 写于一九三一年。邬其山，即内山完造，一九一三年来华，后在上海设内山书店。一九二七年与鲁迅结识后常有交往。"邬其"是日语"内"的音译。

无题二首[1]

大江日夜向东流，聚义群雄又远游。
六代绮罗成旧梦，石头城[2]上月如钩。

雨花台边埋断戟，莫愁湖里余微波。
所思美人不可见，归忆江天发浩歌。

送O. E. 君携兰归国[3]

椒焚桂折[4]佳人老，独托幽岩展素心。
岂惜芳馨遗远者，故乡如醉有荆榛。

无　　题[5]

大野多钩棘，长天列战云。
几家春袅袅，万籁静愔愔。

---

① 鲁迅一九三一年六月十四日日记：“为宫崎龙介君书一幅云：‘大江日夜向东流……’又为白莲女士书一幅云：‘雨花台边埋断戟……’”宫崎龙介和白莲女士是鲁迅的日本朋友。

② 指南京。

③ 发表于一九三一年八月《文艺新闻》。据鲁迅一九三一年二月十二日日记：“日本京华堂主人小原荣次郎君买兰将东归，为赋一绝句，书以赠之。”O. E. 即小原荣次郎。一九〇五年他来华经商时在东京设京华堂，专营中国古玩和兰草。

④ 椒焚桂折：椒，花椒树。桂，即桂花树，一称木犀。椒、桂均为嘉木，比喻佳人。

⑤ 本篇最初发表于一九三一年八月十日《文艺新闻》第二十二号。据鲁迅一九三一年三月五日日记，本诗系书赠日本友人片山松藻（内山嘉吉夫人）。

下土惟秦醉①，中流辍越吟②。
风波一浩荡，花树已萧森。

赠日本歌人③

春江④好景依然在，远国征人此际行。
莫向遥天望歌舞，西游演了是封神⑤。

湘　灵　歌⑥

昔闻湘水碧如染，今闻湘水胭脂痕。
湘灵⑦妆成照湘水，皎如皓月窥彤云。
高丘⑧寂寞竦中夜，芳荃零落无馀春。

---

① 秦醉：典出东汉张衡《两京赋》。天帝欣赏秦穆公而召见他，让他听钧天广乐。天帝喝得有些醉，一高兴，索性又把秦国赐给了穆公。

② 越吟：典出《史记·张仪列传》："陈轸适至秦，惠王曰：'子去寡人之楚，亦思寡人不？'陈轸对曰：'王闻夫越人庄舄乎？'王曰：'不闻。'曰：'越人庄舄仕楚执珪，有顷而病。'楚王曰：'舄故越之鄙细人也，今仕楚执珪，贵富矣，亦思越不？'中谢对曰：'凡人之思故，在其病也。彼思越则越声，不思越则楚声。使人往听之，犹尚越声也。今臣虽弃逐之楚，岂能无秦声哉。'"又王粲《登楼赋》："钟仪幽而楚奏兮，庄舄显而越吟；人情同于怀土兮，岂穷达而异心。"此处以"越吟"借指思念故土故国之情。

③ 本篇初见于一九三四年七月二十日《人间世》半月刊第八期。据鲁迅一九三一年三月五日日记，该诗系书赠升屋治三郎。升屋治三郎（1894—1974），日本歌人、京剧评论家。

④ 春江：即春申江，黄浦江的别称。相传是战国时楚国春申君黄歇疏凿而得名。

⑤ 指《西游记》和《封神演义》。上海当时正演出取材于两部小说的连台本京戏。

⑥ 本篇初见于一九三一年八月《文艺新闻》第二十二号。据鲁迅一九三一年三月五日日记，本诗系书赠日本友人松元三郎。

⑦ 湘灵：湘水之神。传说原为舜帝夫人，溺死于湘水而为神，号湘夫人。

⑧ 高丘：楚国山名。

鼓完瑶瑟人不闻，太平成象[1]盈秋门[2]。

送增田涉君归国[3]

扶桑正是秋光好，枫叶如丹照嫩寒。
却折垂杨送归客，心随东棹忆华年。

惯于长夜过春时[4]

惯于长夜过春时，挈妇将雏鬓有丝。
梦里依稀慈母泪，城头变幻大王旗。
忍看朋辈成新鬼，怒向刀丛觅小诗。
吟罢低眉无写处，月光如水照缁衣。

无　题[5]

血沃中原肥劲草，寒凝大地发春华。

---

① 太平成象：化自“太平无象”。《资治通鉴·唐文宗太和六年》：“上御延英，谓宰相曰：‘天下何时当太平，卿等亦有意于此乎？’（牛）僧孺对曰：‘太平无象，今四夷不至交侵，百姓不至流散，虽非至理，亦谓小康，陛下若别求太平，非臣等所及。’”延英即延英殿。

② 秋门：唐代李贺诗《自昌谷到洛后门》：“九月大野白，苍岑竦秋门。”明代曾益注：“《洛阳故宫纪》云：洛阳有宜秋门千秋门。”此诗以洛阳秋门借指南京。

③ 鲁迅一九三一年十二月二日日记：“作送增天涉君归国诗一首并写讫……”增田涉（1903—1977），日本的中国文学研究者，著有《中国文学史研究》《鲁迅的印象》等。

④ 这首诗见于《南腔北调集·为了忘即的纪念》（一九三一年），为悼念“左联”五烈士而作。

⑤ 鲁迅一九三二年一月二十三日日记：“午后为高良夫人写一小幅……”高良夫人，即日本人高良富子。

英雄多故谋夫病，泪洒崇陵噪暮鸦①。

偶　成②

文章如土欲何之，翘首东云惹梦思。
所恨芳林寥落甚，春兰秋菊不同时。

赠　蓬　子③

蓦地飞仙降碧空，云车双辆挈灵童。
可怜蓬子非天子，逃去逃来吸北风。

一·二八战后作④

战云暂敛残春在，重炮清歌两寂然。
我亦无诗送归棹，但从心底祝平安。

---

① 一九三二年一月，广州和南京合组的政府成立，蒋介石回奉化，汪精卫托病到上海，行政院长孙科主政，事事棘手，被迫下台。

② 鲁迅一九三二年三月三十一日日记：“午后……又为沈松泉书一幅云……”沈于一九三〇年八月东渡日本前托冯雪峰向鲁迅求字，他归国后鲁迅以此诗赠之。

③ 一九三二年三月三十一日日记中记载了此事。这是应姚蓬子求字之请即兴记事所作，诗中所说是“一·二八”上海战争时，穆木天的妻子携带儿子乘人力车到姚蓬子家找寻丈夫（“天子”是对穆木天的戏称）的事情。姚蓬子（1905—1969），浙江人，作家。

④ 鲁迅一九三二年七月十一日日记：“午后为山本初枝女士书一笺……”

自　嘲①

运交华盖②欲何求，未敢翻身已碰头。
破帽遮颜过闹市，漏船载酒泛中流。
横眉冷对千夫指，俯首甘为孺子牛。
躲进小楼成一统，管它冬夏与春秋。

教授杂咏四首③

作法不自毙，悠然过四十。
何妨赌肥头，抵当辩证法。④

其二

可怜织女星，化为马郎妇。
乌鹊疑不来，迢迢牛奶路。⑤

其三

世界有文学，少女多丰臀。

---

① 鲁迅一九三二年十月十二日日记：“午后，为柳亚子书一条幅云……”后来鲁迅曾将此诗书扇面赠日本僧人杉本勇乘。

② 即“华盖运”。鲁迅在《华盖集·题记》：“这运，在和尚是好运：顶有华盖，自然是成佛作祖之兆，但俗人可不行，华盖在上，就要给罩住了，只好碰钉子。”

③ 鲁迅一九三二年十二月二十九日日记：“午后为梦禅及白频写《教授杂咏》各一首……”四首均作于一九三二年末。梦禅（邹梦禅）和白频当时均为上海中华书局职员。

④ 这首暗指钱玄同。

⑤ 这首暗指赵景深。

鸡汤代猪肉，北新遂掩门。①

其四

名人选小说，入线云有限。
虽有望远镜，无奈近视眼。②

所　闻③

华灯照宴敞豪门，娇女严装侍玉樽。
忽忆情亲焦土下，佯看罗袜掩啼痕。

无题二首④

故乡黯黯锁玄云，遥夜迢迢隔上春。
岁暮何堪再惆怅，且持卮酒食河豚。

皓齿吴娃唱柳枝，酒阑人静暮春时。
无端旧梦驱残醉，独对灯阴忆子规。

① 这首暗指章衣萍。
② 这首暗指谢六逸。
③ 鲁迅一九三二年十二月三十一日日记："为内山夫人写云……"
④ 鲁迅一九三二年十二月三十一日日记："为滨之上学士云：'故乡黯黯锁玄云……'为坪井学士云：'皓齿吴娃唱柳枝……'"这两人都是日本在上海开设的筱崎医院的医生。一九三二年十二月二十八日晚，坪井学士邀请鲁迅共食河豚，滨之上信隆同座。

答　客　诮①

无情未必真豪杰，怜子如何不丈夫。
知否兴风狂啸者，回眸时看小於菟②。

无　　题③

洞庭木落④楚天高，眉黛猩红涴战袍。
泽畔⑤有人吟不得，秋波渺渺失离骚。

二十二年元旦⑥

云封高岫护将军，霆击寒村灭下民。
到底不如租界好，打牌声里又新春。

赠　画　师⑦

风生白下⑧千林暗，雾塞苍天百卉殚。

---

① 鲁迅一九三二年十二月三十一日日记有关于作此诗的记载。

② 菟，即虎。意为龙起生云，虎啸生风。

③ 据鲁迅一九三二年十二月三十一日日记，此诗系书赠郁达夫。

④ 洞庭木落：出自《楚辞·九歌·湘夫人》："嫋嫋兮秋风，洞庭波兮木叶下。"所描绘的是一派萧瑟秋景。

⑤ 泽畔：指洞庭湖边。

⑥ 据鲁迅一九三三年一月二十六日日记："又戏为邬其山生书一笺……已而毁之，别录以寄静农。改胜境为高岫，落为击，戮为灭也。"按邬其山即内山完造，内山书店老板，鲁迅的日本友人。

⑦ 鲁迅一九三三年一月二十六日日记："为画师望月玉成君书一笺云……"

⑧ 白下：古地名，今南京市西北。

愿乞画家新意匠，只研朱墨作春山。

学生和玉佛[①]

寂寞空城在，仓皇古董迁，
头儿夸大口，面子靠中坚。
惊扰讵云妄？奔逃只自怜：
所嗟非玉佛，不值一文钱。

吊大学生[②]

阔人已骑文化去，此地空余文化城。
文化一去不复返，古城千载冷清清。
专车队队前门站，晦气重重大学生。
日薄榆关何处抗，烟花场上没人惊。

题《呐喊》[③]

弄文罹文网，抗世违世情。
积毁可销骨，空留纸上声。

① 此诗见于《南腔北调集·学生和玉佛》，没有诗题。发表于一九三三年二月十六日《论语》半月刊十一期，署名动轩。

② 此诗见于《伪自由书·崇实》（一九三三年）。

③ 鲁迅一九三三年三月二日日记：“山县氏索小说并题诗，于夜写二册赠之。”山县氏即山县初男。

题《彷徨》[1]

寂寞新文苑，平安旧战场。
两间馀一卒，荷戟独彷徨。

悼　杨　铨[2]

岂有豪情似旧时，花开花落两由之。
何期泪洒江南雨，又为斯民哭健儿。

题 三 义 塔[3]

三义塔者，中国上海闸北三义里遗鸠[4]埋骨之塔也，在日本，农人共建之。

奔霆飞熛歼人子，败井颓垣剩饿鸠。

---

① 本诗曾见于高疆《今人诗话》一文，最早发表于一九三四年七月二十日《人间世》第八期。据鲁迅一九三三年三月二日日记，系为日本人山县初男而作。

② 杨铨，字杏佛，民权保障同盟执行委员，一九三三年六月十八日为国民党蓝衣社特务暗杀于上海，二十日鲁迅曾往万国殡仪馆送殓。许寿裳《亡友鲁迅印象记》："是日大雨，鲁迅送殓回去，成诗一首……这首诗才气纵横，富于新意，无异于龚自珍。"

③ 据鲁迅一九三三年六月二十一日日记："为西村真琴博士书一横卷……西村博士于上海战后得丧家之鸠，持归养之，初亦相安，而终化去。建塔以藏，且征题咏，率成一律，聊答遐情云尔。""上海战"与本诗前两句"奔霆飞熛歼人子，败井颓垣剩饿鸠"均指一九三二年一月二十八日发生的淞沪战争。是战缘于日军进攻闸北，中国军民奋起抵抗，战后上海满目疮痍，一片瓦砾。

④ 鸠：即鸽子，日本称为堂鸠。

偶值大心[1]离火宅，终遗高塔念瀛洲[2]。
精禽[3]梦觉仍衔石，斗士诚坚共抗流。
度尽劫波[4]兄弟在，相逢一笑泯恩仇。

无　题[5]

禹域[6]多飞将，蜗庐剩逸民。
夜邀潭底影，玄酒颂皇仁。

悼丁君[7]

如磐夜气压重楼，剪柳春风导九秋[8]。
瑶瑟凝尘清怨绝，可怜无女耀高丘。

---

① 大心：佛家语“大悲心”的略语。佛家典籍《大乘起信论》以“欲拔一切众生苦”之心为大悲心。

② 瀛洲：传说中东海三仙山之一，这里代指日本。《史记·秦始皇本纪》：“齐人徐市等上书，言海中有三神山，名曰蓬莱、方丈、瀛洲。”又唐代李白诗《梦游天姥吟留别》：“海客谈瀛州，烟涛微茫信难求。”

③ 精禽：即精卫。传说原为炎帝小女，名为女娃，在东海游泳溺死，化为精卫鸟，常衔西山之木石以填东海。事见《山海经·北山经》。

④ 劫波：佛家用语，亦略称为劫。此说源自古印度婆罗门教，认为世界经历若干万年毁灭一次，而后重新开始，一生一灭谓之“一劫”。后常被借用于表示天灾人祸。

⑤ 鲁迅一九三三年六月二十八日日记：“下午为萍荪书一幅云……”黄萍荪为国民党走卒，当时一面在小报上诽谤鲁迅，一面又托郁达夫向鲁迅求字。

⑥ 中国的别称。

⑦ 据鲁迅一九三三年六月二十八日日记，本诗系书赠周陶轩。丁君，指丁玲（1904—1986），原名蒋冰之，湖南临澧人。作家，“左联”成员。一九三三年五月十四日在上海被捕，六月间盛传其在南京遇害，鲁迅因作本诗。

⑧ 九秋：秋天。因秋季有三个月共九十天，故称。

赠　人[①]

明眸越女[②]罢晨装，荇水荷风是旧乡。
唱尽新词欢不见[③]，旱云如火扑晴江。

其　二

秦女[④]端容理玉筝，梁尘踊跃[⑤]夜风轻。
须臾响急冰弦绝，但见奔星[⑥]劲有声。

---

① 据鲁迅一九三三年七月二十一日日记，该诗原系赠日本人森本清八。后又曾书第一首赠梁得所；书第二首赠日本友人山本实彦。

② 越女：原特指西施，后也泛指江浙一带的美貌女子。

③ 唱尽新词欢不见：见于唐代刘禹锡《踏歌词》四首之一：“唱尽新词欢不见，红霞映树鹧鸪鸣。”欢，古代吴地人对情人的昵称。

④ 秦女：指秦穆公之女弄玉，传说她吹箫能做凤鸣之声，引百鸟欢唱，后终成仙。事见《列仙传》。此处泛指善演奏乐器的女子。

⑤ 梁尘踊跃：梁尘指梁上灰尘，踊跃谓飞扬貌。形容乐声动人，连灰尘都飞扬起来了。《艺文类聚》卷四十三引汉代刘向《别录》云：“汉兴以来，善雅歌者鲁人虞公，发声清哀，盖动梁尘。”

⑥ 奔星：《尔雅·释天》注“奔星”云：“流星大而疾，曰奔。”又《晋书·天文志》云：奔星“声隆隆者，怒之象也。”故诗中谓之“劲有声”。

阻郁达夫移家杭州①

钱王登假②仍如在，伍相随波③不可寻。
平楚④日和憎健翮，小山香满蔽高岑⑤。
坟坛冷落将军岳⑥，梅鹤凄凉处士林⑦。
何似举家游旷远，风波浩荡足行吟。

无　题⑧

一枝清采妥湘灵⑨，九畹贞风慰独醒。

---

① 本诗据鲁迅一九三三年十二月三十日日记言，是写给郁达夫妻子王映霞的。是年春，郁达夫携眷迁往杭州，并拟定居彼处，故鲁迅有此诗劝阻。据郁氏《回忆鲁迅》说："这诗的意思他（即鲁迅）曾同我说过，指的是杭州党政诸人的无理高压。"

② 钱王登假："假"原作"遐"。钱王即钱镠（852—932），今浙江杭州人，五代时割据吴越一带，自称国主。统治时期横征暴敛，民不聊生。后入于北宋。登假同登遐，旧时对帝王之死的讳称。

③ 伍相随波：伍相即伍子胥（？一前484），名员，字子胥，春秋时楚国人。父兄为楚平王谗杀，他出奔吴，助阖闾为王，并和孙武率兵伐越，为相。吴王夫差即位，吴越争霸时，伍子胥力劝夫差灭越，触夫差之怒，被迫伏剑自刎。据《史记·伍子胥列传》载："（夫差）乃取子胥尸盛以鸱夷革，浮之江中。"故诗中说他"随波不可寻"。

④ 平楚：明代杨慎（号升庵）《升庵诗话》："楚，丛木也。登高望远，见木杪如平地，故云平楚，犹所谓平林也。"

⑤ 高岑：高的山岭。三国魏王粲《登楼赋》："平原远而极目兮，蔽荆山之高岑。"

⑥ 将军岳：指南宋抗金将领岳飞（1103—1142）。

⑦ 处士林：指宋代诗人林逋（967—1028），字君复，号和靖先生，今浙江杭州人，终身不仕，隐居西湖孤山，喜种梅养鹤，号称"梅妻鹤子"。

⑧ 鲁迅一九三三年十一月二十七日日记："午后得河内信，为土屋文明氏书一笺云……"

⑨ 湘灵：传说中的湘水之神。

无奈终输萧艾密，却成迁客播芳馨。

酉年秋偶成①

烟水寻常事，荒村一钓徒。
深宵沉醉起，无处觅菰蒲②。

闻谣戏作③

横眉岂夺蛾眉冶，不料仍违众女心。
诅咒而今翻异样，无如臣脑故如冰。

戌年初夏偶作④

万家墨面没蒿莱，敢有歌吟动地哀。
心事浩茫连广宇，于无声处听惊雷。

秋夜偶成⑤

绮罗幕后送飞光，柏栗丛边作道场。

① 鲁迅一九三三年十二月三十日日记：“午后……又为黄振球书一幅云……”

② 菰蒲：水生植物，菰米可食，蒲可编席。

③ 鲁迅一九三四年三月十六日日记：“闻天津《大公报》记我患脑炎，戏作一绝，寄静农……”

④ 鲁迅一九三四年五月三十日日记：“午后，为新居格君书一幅云……”

⑤ 鲁迅一九三四年九月二十九日日记：“午后……又为梓生书一幅云……”梓生，张梓生，曾主编《申报》副刊《自由谈》。

望帝[1]终教芳草变，迷阳[2]聊饰大田荒。
何来酪果供千佛，难得莲花似六郎[3]。
中夜鸡鸣风雨集，起然烟卷觉新凉。

亥年残秋偶作[4]

曾惊秋肃临天下，敢遣春温上笔端。
尘海苍茫沉百感，金风萧瑟走千官。
老归大泽菰蒲尽，梦坠空云齿发寒。
竦听荒鸡偏阒寂，起看星斗正阑干。

① 望帝：古蜀帝杜宇，死后化为杜鹃，春末悲啼时，众芳零落。屈原《离骚》："兰芷变而不芳兮，荃蕙化而为茅。"

② 迷阳：是一种有刺的草。

③ 《唐书·杨再思传》："人言六郎似莲花，非也；正谓莲花似六郎。"六郎指武则天的面首张昌宗，此处指梅兰芳。当时班禅在杭州启建"时轮金刚法会"，曾邀梅兰芳等人在会期内表演。

④ 鲁迅一九三五年十二月五日日记："为季市书一小幅云……"季市即许寿裳。

新 体 诗

梦①

很多的梦，趁黄昏起哄。
前梦才挤却大前梦时，后梦又赶走了前梦。
　去的前梦黑如墨，在的后梦墨一般黑；
　去的在的仿佛都说，“看我真好颜色。”
颜色许好，暗里不知；
而且不知道：说话的是谁？

暗里不知，身热头痛。
你来你来！明白的梦。

爱 之 神②

一个小娃子，展开翅子在空中，
一手搭箭，一手张弓，
不知怎么一下，一箭射着前胸。
　“小娃子先生，谢你胡乱栽培！

① 发表于一九一八年五月北京《新青年》月刊，署名唐俟。
② 发表于一九一八年五月《新青年》，署名唐俟。

但得告诉我：我应该爱谁？”
娃子着慌，摇头说，“唉！
你是还有心胸的人，竟也说这宗话。
　你应该爱谁，我怎么知道。
　总之我的箭是放过了！
　你要是爱谁，便没命的去爱他；
　你要是谁也不爱，也可以没命的去自己死掉。”

桃　　花[①]

春雨过了，太阳又很好，随便走到园中。
桃花开在园西，李花开在园东。
　我说，“好极了！桃花红，李花白。”
　（没说，桃花不及李花白。）
桃花可是生了气，满面涨作“杨妃红”。
　好小子！真了得！竟能气红了面孔？
　我的话可并没得罪你，你怎的便涨红了面孔！
　唉！花有花道理，我不懂。

他们的花园[②]

小娃子，卷螺发，
银黄的面庞上还有微红，——看他意思是正要活。
　走出破大门，望见邻家：
　他们大花园里，有许多好花。

① 发表于一九一八年五月《新青年》，署名唐俟。
② 发表于一九一八年七月《新青年》，署名唐俟。

用尽小心机，得了一朵百合；
又白又光明，像才下的雪。
好生拿了回家，映着面庞，分外映出血色；
　苍蝇绕花飞鸣，乱在一屋子里——
　“偏爱这不干净花，是糊涂孩子！”
　忙看百合花，却已有几点蝇矢。
看不得；舍不得。
瞪眼望着天空，他更无话可说。
　说不出话，想起邻家：
　他们大花园里，有许多好花。

人　与　时①

一人说，将来胜过现在。
一人说，现在远不及从前。
一人说，什么？
时道，你们都侮辱我的现在。
　从前好的，自己回去。
　将来好的，跟我前去。
　这说什么的，
　我不和你说什么。

① 发表于一九一八年七月《新青年》，署名唐俟。

他①

一

“知了”不要叫了，
他在房中睡着；
“知了”叫了，刻刻心头记着。
太阳去了，“知了”住了，——还没有见他，
待打门叫他，——锈铁链子系着。

二

秋风起了，
快吹开那家窗幕。
开了窗幕，会望见他的双靥。
窗幕开了，——一望全是粉墙，
白吹下许多枯叶。

三

大雪下了，扫出路寻他；
这路连到山上，山上都是松柏，
他是花一般，这里如何住得！
不如回去寻他，——阿！回来还是我家。

① 发表于一九一九年《新青年》。

华盖集续编

小　引

还不满一整年，所写的杂感的分量，已有去年一年的那么多了。秋来住在海边，目前只见云水，听到的多是风涛声，几乎和社会隔绝。如果环境没有改变，大概今年不见得再有什么废话了罢。灯下无事，便将旧稿编集起来；还预备付印，以供给要看我的杂感的主顾们。

这里面所讲的仍然并没有宇宙的奥义和人生的真谛。不过是，将我所遇到的，所想到的，所要说的，一任它怎样浅薄，怎样偏激，有时便都用笔写了下来。说得自夸一点，就如悲喜时节的歌哭一般，那时无非借此来释愤抒情，现在更不想和谁去抢夺所谓公理或正义。你要那样，我偏要这样是有的；偏不遵命，偏不磕头是有的；偏要在庄严高尚的假面上拨它一拨也是有的，此外却毫无什么大举。名副其实，“杂感”而已。

从一月以来的，大略都在内了；只删去了一篇。那是因为其中开列着许多人，未曾，也不易遍征同意，所以不好擅自发表。

书名呢？年月是改了，情形却依旧，就还叫《华盖集》。然而年月究竟是改了，因此只得添上两个字：“续编”。

一九二六年十月十四日，鲁迅记于厦门。

＊本篇最初发表于一九二六年十一月十六日《语丝》周刊第一〇四期。

杂论管闲事·做学问·灰色等

1

听说从今年起，陈源（即西滢）教授要不管闲事了；这豫言就见于《现代评论》五十六期的《闲话》里。惭愧我没有拜读这一期，因此也不知其详。要是确的呢，那么，除了用那照例的客套说声“可惜”之外，真的倒实在很诧异自己之糊涂：年纪这么大了，竟不知道阳历的十二月三十一日和一月一日之交在别人是可以发生这样的大变动。我近来对于年关颇有些神经过钝了，全不觉得怎样。其实，倘要觉得罢，可是也不胜其觉得。大家挂上五色旗，大街上搭起几坐彩坊，中间还有四个字道：“普天同庆”，据说这算是过年。大家关了门，贴上门神，爆竹毕剥砰磅的放起来，据说这也是过年。要是言行真跟着过年为转移，怕要转移不迭，势必至于成为转圈子。所以，神经过钝虽然有落伍之虑，但有弊必有利，却也很占一点小小的便宜的。

但是，还有些事我终于想不明白：即如天下有闲事，有人管闲事之类。我现在觉得世上是仿佛没有所谓闲事的，有人来管，便都和自己有点关系；即便是爱人类，也因为自己是人。假使我们知道了火星里张龙和赵虎打架，便即大有作为，请酒开会，维持张龙，或否认赵虎，那自然是颇近于管闲事了。然而火星上事，既然能够“知道”，则至少必须已经可以通信，关系也密切起来，算不得闲事了。因为既能通信，也许将来就能交通，他们终于会在我们的头顶上打架。至于咱们地球之上，即无论那一处，事事都和我们相关，然而竟不管者，或因不知道，或因管不着，非以其“闲”也。譬如英国有刘千昭雇了爱尔兰老妈子在伦敦拉出女生，在我们是闲事似的罢，其实并不，也会影响到我们这里来。留学生不是多多，多多了么？倘有合宜之处，就要引以为例，正如在文学上的引用什么莎士比亚呀，塞文狄斯呀，芮恩施①呀一般。

（不对，错了。芮恩施是美国的驻华公使，不是文学家。我大约因为在讲什么文艺学术的一篇论文上见过他的名字，所以一不小心便带出来了。合即订正于此，尚希读者谅之。）

即使是动物，也怎能和我们不相干？青蝇的脚上有一个霍乱菌，蚊子的唾沫里有两个疟疾菌，就说不定会钻进谁的血里去。管到“邻猫生子”，很有人以为笑谈，其实却正与自己大有相关。譬如我的院子里，现在就有四匹邻猫常常吵架了，倘使这些太太们之一又诞育四匹，则三四月后，我就得常听到八匹猫们常常吵闹，比现在加倍地心烦。

所以我就有了一种偏见，以为天下本无所谓闲事，只因为没有这许多遍管的精神和力量，于是便只好抓一点来管。为什么独抓这一点呢？自然是最和自己相关的，大则因为同是人类，或是同类，同志；小则，因为是同学，亲戚，同乡，——至少，也大概叨光过什么，虽然自己的显在意识上并不了然，或者其实了然，而故意装痴作傻。

但陈源教授据说是去年却管了闲事了，要是我上文所说的并不错，那就确是一个超人。今年不问世事，也委实是可惜之

① 塞文狄斯（M. de Cervantes，1547—1616）：今译塞万提斯，欧洲文艺复兴时期西班牙作家，著有长篇小说《堂吉诃德》等。芮恩施（P. S. Reinsch，1869—1923），民国初年美国驻华公使。

至，真是斯人不管，“如苍生何”了。幸而阴历的过年又快到了，除夕的亥时一过，也许又可望心回意转的罢。

2

昨天下午我从沙滩①回家的时候，知道大琦②君来访过我了。这使我很高兴，因为我是猜想他进了病院的了，现在知道并没有。而尤其使我高兴的是他还留赠我一本《现代评论增刊》，只要一看见封面上画着的一枝细长的蜡烛，便明白这是光明之象，更何况还有许多名人学者的著作，更何况其中还有陈源教授的一篇《做学问的工具》呢？这是正论，至少可以赛过“闲话”的；至少，是我觉得赛过“闲话”，因为它给了我许多东西。

我现在才知道南池子的“政治学会图书馆”去年“因为时局的关系，借书的成绩长进了三至七倍”了，但他“家翰笙”③却还“用‘平时不烧香，临时抱佛脚’十个字形容当今学术界大部分的状况”。这很改正了我许多误解。我先已说过，现在的留学生是多多，多多了，但我总疑心他们大部分是在外国租了房子，关起门来燉牛肉吃，而且在东京实在也看见过。那时我想：燉牛肉吃，在中国就可以，何必路远迢迢，跑到外国来呢？虽然外国讲究畜牧，或者肉里面的寄生虫可以少些，但燉烂了，即使多也就没有关系。所以，我看见回国的学者，头两年穿洋服，后来穿皮袍，昂头而走的，总疑心他是在

① 沙滩：北京地名，当时北京大学第一院所在地。下文的南池子，也是北京地名。

② 大琦：王品青，河南济源人，北京大学毕业，《语丝》撰稿人，曾任北京孔德学校教员。

③ 他“家翰笙”：指陈翰笙，江苏无锡人，社会学家，当时任北京大学教授。

外国亲手燉过几年牛肉的人物，而且即使有了什么事，连“佛脚”也未必肯抱的。现在知道并不然，至少是“留学欧美归国的人”并不然。但可惜中国的图书馆里的书太少了，据说北京“三十多个大学，不论国立私立，还不及我们私人的书多”云。这“我们”里面，据说第一要数“溥仪先生的教师庄士敦先生”，第二大概是“孤桐先生”即章士钊，因为在德国柏林时候，陈源教授就亲眼看见他两间屋里“几乎满床满架满桌满地，都是关于社会主义的德文书”。现在呢，想来一定是更多的了。这真教我欣羡佩服。记得自己留学时候，官费每月三十六元，支付衣食学费之外，简直没有赢余，混了几年，所有的书连一壁也遮不满，而且还是杂书，并非专而又专，如“都是关于社会主义的德文书”之类。

但是很可惜，据说当民众“再毁”这位“孤桐先生”的“寒家”时，“好像他们夫妇两位的藏书都散失了”。想那时一定是拉了几十车，向各处走散，可惜我没有去看，否则倒也是一个壮观。

所以“暴民”之为“正人君子”所深恶痛绝，也实在有理由，即如这回之“散失”了“孤桐先生”夫妇的藏书，其加于中国的损失，就在毁坏了三十多个国立及私立大学的图书馆之上。和这一比较，刘百昭司长的失少了家藏的公款八千元，要算小事件了，但我们所引为遗憾的是偏是章士钊刘百昭有这么多的储藏，而这些储藏偏又全都遭了劫。

在幼小时候曾有一个老于世故的长辈告诫过我：你不要和没出息的担子或摊子为难，他会自己摔了，却诬赖你，说不清，也赔不完。这话于我似乎到现在还有影响，我新年去逛火神庙①的庙会时，总不敢挤近玉器摊去，即使它不过摆着寥寥的几件。怕的是一不小心，将它碰倒了，或者摔碎了一两件，就要变成宝贝，一辈子赔不完，那罪孽之重，会在毁坏一坐博物馆之上。而且推而广之，连热闹场中也不大去了，那一回的示威运动时，虽有“打落门牙”的“流言”，其实却躺在家里，托福无恙。但那两屋子“关于社会主义的德文书”以及其他从“孤桐先生”府上陆续散出的壮观，却也因此“交臂失之”了。这实在也就是所谓“有一利必有一弊”，无法两全的。

现在是收藏洋书之富，私人要数庄士敦先生，公团要推“政治学会图书馆”了，只可惜一个是外国人，一个是靠着美国公使芮恩施竭力提倡出来的。“北京国立图书馆”将要扩张，实在是再好没有的事，但听说所依靠的还是美国退还的赔款，常年经费又不过三万元，每月二千余。要用美国的赔款，也是非同小可的事，第一，馆长就必须学贯中西，世界闻名的学者。据说，这自然只有梁启超先生了，但可惜西学不大贯，所以配上一个北大教授李四光先生做副馆长，凑成一个中外兼通的完人。然而两位的薪水每月就要一千多，所以此后也似乎不大能够多买书籍。这也就是所谓“有利必有弊”罢，想到这里，我们就更不能不痛切地感到“孤桐先生”独力购置的几房子好书惨遭散失之可惜了。

总之，在近几年中，是未必能有较好的“做学问的工具”的，学者要用功，只好是自己买书读，但又没有钱。听说“孤桐先生”倒是想到了这一节，曾经发表过文章，然而下台了，很可惜。学者们另外还有什么法子呢，自然“也难

① 火神庙：在北京琉璃厂。旧时每年夏历正月初一至十五庙会期间，设有很多临时性的古玩玉器摊。

怪他们除了说说‘闲话’便没有什么可干”，虽然北京三十多个大学还不及他们“私人的书多”。为什么呢？要知道做学问不是容易事，“也许一个小小的题目得参考百十种书”，连“孤桐先生”的藏书也未必够用。陈源教授就举着一个例：“就以‘四书’来说”罢，“不研究汉宋明清许多儒家的注疏理论，‘四书’的真正意义是不易领会的。短短的一部‘四书’，如果细细的研究起来，就得用得了几百几千种参考书”。

这就足见“学问之道，浩如烟海”了，那“短短的一部‘四书’”，我是读过的，至于汉人的‘四书’注疏或理论，却连听也没有听到过。陈源教授所推许为“那样提倡风雅的封藩大臣”之一张之洞先生在做给“束发小生”们看的《书目答问》上曾经说：“‘四书’，南宋以后之名。”我向来就相信他的话，此后翻翻《汉书·艺文志》，《隋书·经籍志》之类，也只有“五经”，“六经”，“七经”，“六艺”，却没有“四书”，更何况汉人所做的注疏和理论。但我所参考的，自然不过是通常书，北京大学的图书馆里就有，见闻寡陋，也未可知，然而也只得这样就算了，因为即使要“抱”，却连“佛脚”都没有。由此想来，那能“抱佛脚”的，肯“抱佛脚”的，的确还是真正的福人，真正的学者了。他“家翰笙”还慨乎言之，大约是“《春秋》责备贤者”之意罢。

完

现在不高兴写下去了，只好就此完结。总之：将《现代评论增刊》略翻一遍，就觉得五光十色，正如看见有一回广告上所开列的作者的名单。例如李仲揆教授的《生命的研究》

呀，胡适教授的《译诗三首》呀，徐志摩先生的译诗一首呀，西林①氏的《压迫》呀，陶孟和②教授的要到二〇二五年才发表而必须我们的玄孙才能全部拜读的大著作的一部分呀……。但是，翻下去时，不知怎的我的眼睛却看见灰色了，于是乎抛开。

现在的小学生就能玩七色板，将七种颜色涂在圆板上，停着的时候，是好看的，一转，便变成灰色，——本该是白色的罢，可是涂得不得法，变成灰色了。收罗许多著名学者的大著作的大报，自然是光怪陆离，但也是转不得，转一周，就不免要显出灰色来，虽然也许这倒正是它的特色。

一月三日。

＊本篇最初发表于一九二六年一月十八日《语丝》周刊第六十二期。

① 西林：丁燮林（1893—1974），笔名西林，江苏泰兴人，物理学家、剧作家，当时任北京大学教授。《压迫》是他所作的一个独幕剧。

② 陶孟和（1888—1960）：社会学家。当时任北京大学教授，《现代评论》的经常撰稿人。

有趣的消息

虽说北京像一片大沙漠，青年们却还向这里跑；老年们也不大走，即或有到别处去走一趟的，不久就转回来了，仿佛倒是北京还很有什么可以留恋。厌世诗人的怨人生，真是“感慨系之矣”，然而他总活着；连祖述释迦牟尼先生的哲人勗本华尔①也不免暗地里吃一种医治什么病症的药，不肯轻易“涅槃”。俗话说：“好死不如恶活”，这当然不过是俗人的俗见罢了，可是文人学者之流也何尝不这样。所不同的，只是他总有一面辞严义正的军旗，还有一条尤其义正辞严的逃路。真的，倘不这样，人生可真要无聊透顶，无话可说了。

北京就是一天一天地百物昂贵起来；自己的“区区佥事”②，又因为“妄有主张”，被章士钊先生革掉了。向来所遭遇的呢，借了安特来夫的话来说，是“没有花，没有诗”③，就只有百物昂贵。然而也还是“妄有主张”，没法回头；倘使有一个妹子，如《晨报副刊》上所艳称的“闲话先生”的家事似的，叫道：“阿哥！”那声音正如“银铃之响于幽谷”，向我求告，“你不要再做文章得罪人家了，好不好？”我也许可以借此拨转马头，躲到别墅里去研究汉朝人所做的‘四书’

① 勗本华尔：即叔本华。他的思想曾部分地受了印度佛教哲学的影响。

② “区区佥事”：鲁迅在一九一二年八月被任命为教育部佥事。

③ “没有花，没有诗”：出自安特来夫（今译安德烈夫［1871—1919］）的小说《红的笑》。

注疏和理论去。然而，惜哉，没有这样的好妹子；“女媭①之婵媛兮，申申其詈予，曰：鲧婞直以亡身兮，终然殀乎羽之野。”连有一个那样凶姊姊的幸福也不及屈灵均。我的终于“妄有主张”，或者也许是无可推托之故罢。然而这关系非同小可，将来怕要遭殃了，因为我知道，得罪人是要得到报应的。

话要回到释迦先生的教训去了，据说：活在人间，还不如下地狱的稳妥。做人有“作”就是动作（=造孽），下地狱却只有“报”（=报应）了；所以生活是下地狱的原因，而下地狱倒是出地狱的起点。这样说来，实在令人有些想做和尚，但这自然也只限于“有根”（据说，这是“一句天津话”）的大人物，我却不大相信这一类鬼画符。活在沙漠似的北京城里，枯燥当然是枯燥的，但偶然看看世态，除了百物昂贵之外，究竟还是五花八门，创造艺术的也有，制造流言的也有，肉麻的也有，有趣的也有……这大概就是北京之所以为北京的缘故，也就是人们总还要奔凑聚集的缘故。可惜的是只有一些小玩意，老实一点的朋友就难于给自己竖起一杆辞严义正的军旗来。

我一向以为下地狱的事，待死后再对付，只有目前的生活的枯燥是最可怕的，于是便不免于有时得罪人，有时则寻些小玩意儿来开开笑口，但这也就是得罪人。得罪人当然要受报，那也只好准备着，因为寻些小玩意儿来开开笑口的是更不能竖起辞严义正的军旗来的。其实，这里也何尝没有国家大事的消息呢，“关外战事不日将发生”呀，“国军一致拥段”哪，有些报纸上都用了头号字煌煌地排印着，可以刺得人们头昏，但于我却都没有什么鸟趣味。人的眼界之狭是不大有药可救的，

① 女媭：一般以为是屈原对其姊的称谓。

我近来觉得有趣的倒要算看见那在德国手格盗匪若干人，在北京率领三河县老妈子一大队的武士刘百昭校长居然做骈文，大有偃武修文之意了；而且“百昭海邦求学，教部备员，多艺之誉愧不如人，审美之情差堪自信”，还是一位文武全才，我先前实在没有料想到。第二，就是去年肯管闲事的“学者”，今年不管闲事了，在年底结清帐目的办法，原来不止是掌柜之于流水簿，也可以适用于“正人君子”的行为的。或者，“阿哥！”这一声叫，正在中华民国十四年十二月卅一日的夜间十二点钟罢。

但是，这些趣味，刹那间也即消失了，就是我自己的思想的变动，也诚然是可恨。我想，照着境遇，思想言行当然要迁移，一迁移，当然会有所以迁移的道理。况且世界上的国庆很不少，古今中外名流尤其多，他们的军旗，是全都早经竖定了的。前人之勤，后人之乐，要做事的时候可以援引孔丘墨翟，不做事的时候另外有老聃，要被杀的时候我是关龙逄①，要杀人的时候他是少正卯，有些力气的时候看看达尔文赫胥黎的书，要人帮忙就有克鲁巴金的《互助论》，勃朗宁夫妇②岂不是讲恋爱的模范么，叔本华尔和尼采又是咒诅女人的名人，……归根结蒂，如果杨荫榆或章士钊可以比附到犹太人特莱孚斯去，则他的篾片就可以等于左拉等辈了。这个时候，可怜的左拉要被中国人背出来；幸而杨荫榆或章士钊是否等于特莱孚斯，也还是一个大疑问。

然而事情还没有这么简单，中国的坏人（如水平线下的文人和学棍学匪之类），似乎将来要大吃其苦了，虽然也许要

① 关龙逄：夏桀的臣子，因谏桀造酒池被杀。少正卯，春秋时鲁国大夫。孔丘为鲁国司寇时，借鼓吹邪说罪名将他杀害。

② 勃朗宁夫妇：勃朗宁（R. Browning，1812—1889）和勃朗宁夫人（E. Browning，1806—1861），都是英国诗人。他们曾不顾长辈的反对，秘密结婚。

在身后，像下地狱一般。但是，深谋远虑的人，总还以从此小心，不要多说为稳妥。你以为“闲话先生”真是不管闲事了么？并不然的。据说他是要“到那天这班出锋头的人们脱尽了锐气的日子，我们这位闲话先生正在从容的从事他那‘完工的拂拭’（The finishing touch），笑吟吟的擎着他那枝从铁杠磨成的绣针，讽刺我们情急是多么不经济的一个态度，反面说只有无限的耐心才是天才唯一的凭证”。（《晨报副刊》一四二三）

后出者胜于前者，本是天下的平常事情，但除了堕落的民族。即以衣服而论，也是由裸体而用会阴带或围裙，于是有衣裳，衮冕。我们将来的天才却特异的，别人系了围裙狂跳时，他却躲在绣房里刺绣，——不，磨绣针。待到别人的围裙全数破旧，他却穿了绣花衫子站出来了。大家只好说道“阿！”可怜的性急的野蛮人，竟连围裙也不知道换一条，怪不得锐气终于脱尽；脱尽犹可，还要看那“笑吟吟”的“讽刺”的“天才”脸哩，这实在是对于灵魂的鞭责，虽说还在辽远的将来。

还有更可怕的，是我们风闻二〇二五年一到，陶孟和教授要发表一部著作。内容如何，只有百年后的我们的曾孙或玄孙们知道罢了，但幸而在《现代评论增刊》上提前发表了几节，所以我们竟还能“管中窥豹”似的，略见这一部新书的大概。那是讲“现代教育界的特色”的，连教员的“兼课”之多也说在内。他问：“我的议论太悲观，太刻薄，太荒诞吗？我深愿受这个批评，假使事实可以证明。”这些批评我们且俟之百年之后，虽然那时也许无从知道事实；典籍呢，大概也只有“笑吟吟的”佳作留传。要是当真这样，那大半是“英雄所见略同”的，后人总不至于以为刻薄罢。但我们也难于悬揣，不过就今论今，似乎颇有些“孔子作《春秋》，而乱臣贼子惧”之意了。人们不逢如此盛事者，盖已将二千四百年云。

总之：百年以内，将有陈源教授的许多（?）书，百年以后，将有陶孟和教授的一部书出现。内容虽然不知道怎样，但据目下所走漏的风声看起来，大概总是讽刺“那班出锋头的人们”，或“驰驱九城”的教授的。

我常常感叹，印度小乘教的方法何等厉害：它立了地狱之说，借着和尚，尼姑，念佛老妪的嘴来宣扬，恐吓异端，使心志不坚定者害怕。那诀窍是在说报应并非眼前，却在将来百年之后，至少也须到锐气脱尽之时。这时候你已经不能动弹了，只好听别人摆布，流下鬼泪，深悔生前之妄出锋头；而且这时候，这才认识阎罗大王的尊严和伟大。

这些信仰，也许是迷信罢，但神道设教，于“挽世道而正人心”的事，或者也还是不无裨益。况且，未能将坏人“投畀豺虎”于生前，当然也只好口诛笔伐之于身后，孔子一车两马，倦游各国以还，抽出钢笔来作《春秋》，盖亦此志也。

但是，时代迁流了，到现在，我以为这些老玩意，也只好骗骗极端老实人。连闹这些玩意儿的人们自己尚且未必信，更何况所谓坏人们。得罪人要受报应，平平常常，并不见得怎样奇特，有时说些宛转的话，是姑且客气客气的，何尝想借此免于下地狱。这是无法可想的，在我们不从容的人们的世界中，实在没有那许多工夫来摆臭绅士的臭架子了，要做就做，与其说明年喝酒，不如立刻喝水；待廿一世纪的剖拨戮尸，倒不如马上就给他一个嘴巴。至于将来，自有后起的人们，决不是现在人即将来所谓古人的世界，如果还是现在的世界，中国就会完！

一月十四日。

＊本篇最初发表于一九二六年一月十九日《国民新报副刊》。

学界的三魂

从《京报副刊》上知道有一种叫《国魂》① 的期刊，曾有一篇文章说章士钊固然不好，然而反对章士钊的“学匪”们也应该打倒。我不知道大意是否真如我所记得？但这也没有什么关系，因为不过引起我想到一个题目，和那原文是不相干的。意思是，中国旧说，本以为人有三魂六魄，或云七魄；国魂也该这样。而这三魂之中，似乎一是“官魂”，一是“匪魂”，还有一个是什么呢？也许是“民魂”罢，我不很能够决定。又因为我的见闻很偏隘，所以未敢悉指中国全社会，只好缩而小之曰“学界”。

中国人的官瘾实在深，汉重孝廉而有埋儿刻木，宋重理学而有高帽破靴，清重帖括②而有“且夫”“然则”。总而言之：那魂灵就在做官，——行官势，摆官腔，打官话。顶着一个皇帝做傀儡，得罪了官就是得罪了皇帝，于是那些人就得了雅号曰“匪徒”。学界的打官话是始于去年，凡反对章士钊的都得了“土匪”，“学匪”，“学棍”的称号，但仍然不知道从谁的口中说出，所以还不外乎一种“流言”。

但这也足见去年学界之糟了，竟破天荒的有了学匪。以大点的国事来比罢，太平盛世，是没有匪的；待到群盗如毛时，看旧史，一定是外戚，宦官，奸臣，小人当国，即使大打一通

① 《国魂》：国家主义派所办的期刊，一九二五年十月创刊于北京。
② 帖括：指科举考试文体名，泛指科举应试之文。

官话，那结果也还是“呜呼哀哉”。当这“呜呼哀哉”之前，小民便大抵相率而为盗，所以我相信源增①先生的话：“表面上看只是些土匪与强盗，其实是农民革命军。”（《国民新报副刊》四三）那么，社会不是改进了么？并不，我虽然也是被谥为“土匪”之一，却并不想为老前辈们饰非掩过。农民是不来夺取政权的，源增先生又道：“任三五热心家将皇帝推倒，自己过皇帝瘾去。”但这时候，匪便被称为帝，除遗老外，文人学者却都来恭维，又称反对他的为匪了。

所以中国的国魂里大概总有这两种魂：官魂和匪魂。这也并非硬要将我辈的魂挤进国魂里去，贪图与教授名流的魂为伍，只因为事实仿佛是这样。社会诸色人等，爱看《双官诰》②，也爱看《四杰村》③，望偏安巴蜀的刘玄德成功，也愿意打家劫舍的宋公明得法；至少，是受了官的恩惠时候则艳羡官僚，受了官的剥削时候便同情匪类。但这也是人情之常；倘使连这一点反抗心都没有，岂不就成为万劫不复的奴才了？

然而国情不同，国魂也就两样。记得在日本留学时候，有些同学问我在中国最有大利的买卖是什么，我答道：“造反。”他们便大骇怪。在万世一系的国度里，那时听到皇帝可以一脚踢落，就如我们听说父母可以一棒打杀一般。为一部分士女所心悦诚服的李景林④先生，可就深知此意了，要是报纸上所传非虚。今天的《京报》即载着他对某外交官的谈话道：“予预计于旧历正月间，当能与君在天津晤谈；若天津攻击竟至失败，则拟俟三四月间卷土重来，若再失败，则暂投土匪，徐养兵力，以待时机”云。但他所希望的不是做皇帝，那大概是

① 源增：谷源增，时为北京大学法文系学生。

② 《双官诰》：戏曲名，故事源自明代杨善之所著同名传奇。

③ 《四杰村》：戏曲名，故事源自清无名氏著的传奇《绿牡丹》。

④ 李景林（1884—1931）：字芳岑。奉系军阀，曾任直隶督军。

因为中华民国之故罢。

所谓学界，是一种发生较新的阶级，本该可以有将旧魂灵略加湔洗之望了，但听到“学官”的官话，和“学匪”的新名，则似乎还走着旧道路。那末，当然也得打倒的。这来打倒他的是“民魂”，是国魂的第三种。先前不很发扬，所以一闹之后，终不自取政权，而只“任三五热心家将皇帝推倒，自己过皇帝瘾去”了。

惟有民魂是值得宝贵的，惟有他发扬起来，中国才有真进步。但是，当此连学界也倒走旧路的时候，怎能轻易地发挥得出来呢？在乌烟瘴气之中，有官之所谓“匪”和民之所谓匪；有官之所谓“民”和民之所谓民；有官以为“匪”而其实是真的国民，有官以为“民”而其实是衙役和马弁。所以貌似“民魂”的，有时仍不免为“官魂”，这是鉴别魂灵者所应该十分注意的。

话又说远了，回到本题去。去年，自从章士钊提了“整顿学风”的招牌，上了教育总长的大任之后，学界里就官气弥漫，顺我者“通”，逆我者“匪”，官腔官话的余气，至今还没有完。但学界却也幸而因此分清了颜色；只是代表官魂的还不是章士钊，因为上头还有“减膳”① 执政在，他至多不过做了一个官魄；现在是在天津“徐养兵力，以待时机”了②。我不看《甲寅》，不知道说些什么话：官话呢，匪话呢，民话呢，衙役马弁话呢？……

一月二十四日。

＊本篇最初发表于一九二六年二月一日《语丝》周刊第六十四期。

① “减膳”执政：指段祺瑞。

② 指章士钊潜逃天津之举。

古书与白话

记得提倡白话那时，受了许多谣诼诬谤，而白话终于没有跌倒的时候，就有些人改口说：然而不读古书，白话是做不好的。我们自然应该曲谅这些保古家的苦心，但也不能不悯笑他们这祖传的成法。凡有读过一点古书的人都有这一种老手段：新起的思想，就是“异端”，必须歼灭的，待到它奋斗之后，自己站住了，这才寻出它原来与“圣教同源”；外来的事物，都要“用夷变夏”①，必须排除的，但待到这“夷”入主中夏，却考订出来了，原来连这“夷”也还是黄帝的子孙。这岂非出人意料之外的事呢？无论什么，在我们的“古”里竟无不包函了！

用老手段的自然不会长进，到现在仍是说非“读破几百卷书者”即做不出好白话文，于是硬拉吴稚晖先生为例。可是竟又会有“肉麻当有趣”，述说得津津有味的，天下事真是千奇百怪。其实吴先生的“用讲话体为文”，即“其貌”也何尝与“黄口小儿所作若同”。不是“纵笔所之，辄万数千言”么？其中自然有古典，为“黄口小儿”所不知，尤有新典，为“束发小生”所不晓。清光绪末，我初到日本东京时，这位吴稚晖先生已在和公使蔡钧大战了，其战史就有这么长，则见闻之多，自然非现在的“黄口小儿”所能企及。所以他的

① “用夷变夏”：出自《孟子·滕文公》，这里指用外来文化同化中国的意思。

遣辞用典，有许多地方是惟独熟于大小故事的人物才能够了然，从青年看来，第一是惊异于那文辞的滂沛。这或者就是名流学者们所认为长处的罢，但是，那生命却不在于此。甚至于竟和名流学者们所拉拢恭维的相反，而在自己并不故意显出长处，也无法灭去名流学者们的所谓长处；只将所说所写，作为改革道中的桥梁，或者竟并不想到作为改革道中的桥梁。

愈是无聊赖，没出息的脚色，愈想长寿，想不朽，愈喜欢多照自己的照相，愈要占据别人的心，愈善于摆臭架子。但是，似乎“下意识”里，究竟也觉得自己之无聊的罢，便只好将还未朽尽的“古”一口咬住，希图做着肠子里的寄生虫，一同传世；或者在白话文之类里找出一点古气，反过来替古董增加宠荣。如果“不朽之大业”不过这样，那未免太可怜了罢。而且，到了二九二五年，“黄口小儿”们还要看什么《甲寅》之流，也未免过于可惨罢，即使它“自从孤桐先生下台之后，……也渐渐的有了生气了。”

菲薄古书者，惟读过古书者最有力，这是的确的。因为他洞知弊病，能“以子之矛攻子之盾”，正如要说明吸雅片的弊害，大概惟吸过雅片者最为深知，最为痛切一般。但即使“束发小生”，也何至于说，要做戒绝雅片的文章，也得先吸尽几百两雅片才好呢。

古文已经死掉了；白话文还是改革道上的桥梁，因为人类还在进化。便是文章，也未必独有万古不磨的典则。虽然据说美国的某处已经禁讲进化论了，但在实际上，恐怕也终于没有效的。

一月二十五日。

* 本篇最初发表于一九二六年二月二日《国民新报副刊》。

一点比喻

在我的故乡不大通行吃羊肉，阖城里，每天大约不过杀几匹山羊。北京真是人海，情形可大不相同了，单是羊肉铺就触目皆是。雪白的群羊也常常满街走，但都是胡羊，在我们那里称绵羊的。山羊很少见；听说这在北京却颇名贵了，因为比胡羊聪明，能够率领羊群，悉依它的进止，所以畜牧家虽然偶而养几匹，却只用作胡羊们的领导，并不杀掉它。

这样的山羊我只见过一回，确是走在一群胡羊的前面，脖子上还挂着一个小铃铎〔duó〕，作为知识阶级的徽章。通常，领的赶的却多是牧人，胡羊们便成了一长串，挨挨挤挤，浩浩荡荡，凝着柔顺有余的眼色，跟定他匆匆地竞奔它们的前程。我看见这种认真的忙迫的情形时，心里总想开口向它们发一句愚不可及的疑问——

“往那里去?!”

人群中也很有这样的山羊，能领了群众稳妥平静地走去，直到他们应该走到的所在。袁世凯明白一点这种事，可惜用得不大巧，大概因为他是不很读书的，所以也就难于熟悉运用那些的奥妙。后来的武人可更蠢了，只会自己乱打乱割，乱得哀号之声，洋洋盈耳，结果是除了残虐百姓之外，还加上轻视学问，荒废教育的恶名。然而“经一事，长一智”，二十世纪已过了四分之一，脖子上挂着小铃铎的聪明人是总要交到红运的，虽然现在表面上还不免有些小挫折。

那时候，人们，尤其是青年，就都循规蹈矩，既不嚣张，也不浮动，一心向着“正路”前进了，只要没有人问——

“往那里去?!”

君子若曰：“羊总是羊，不成了一长串顺从地走，还有什么别的法子呢？君不见夫猪乎？拖延着，逃着，喊着，奔突着，终于也还是被捉到非去不可的地方去，那些暴动，不过是空费力气而已矣。”

这是说：虽死也应该如羊，使天下太平，彼此省力。

这计划当然是很妥帖，大可佩服的。然而，君不见夫野猪乎？它以两个牙，使老猎人也不免于退避。这牙，只要猪脱出了牧豕奴所造的猪圈，走入山野，不久就会长出来。

Schopenhauer先生曾将绅士们比作豪猪，我想，这实在有些失体统。但在他，自然是并没有什么别的恶意的，不过拉扯来作一个比喻。*Parerga und Paralipomena* 里有着这样意思的话：有一群豪猪，在冬天想用了大家的体温来御寒冷，紧靠起来了，但它们彼此即刻又觉得刺的疼痛，于是乎又离开。然而温暖的必要，再使它们靠近时，却又吃了照样的苦。但它们在这两种困难中，终于发见了彼此之间的适宜的间隔，以这距离，它们能够过得最平安。人们因为社交的要求，聚在一处，又因为各有可厌的许多性质和难堪的缺陷，再使他们分离。他们最后所发见的距离，——使他们得以聚在一处的中庸的距离，就是“礼让”和“上流的风习”。有不守这距离的，在英国就这样叫，“Keep your distance.”①

① “Keep your distance”：英语“保持你的距离”。即不要太亲近的意思。

但即使这样叫，恐怕也只能在豪猪和豪猪之间才有效力罢，因为它们彼此的守着距离，原因是在于痛而不在于叫的。假使豪猪们中夹着一个别的，并没有刺，则无论怎么叫，它们总还是挤过来。孔子说：礼不下庶人。照现在的情形看，该是并非庶人不得接近豪猪，却是豪猪可以任意刺着庶人而取得温暖。受伤是当然要受伤的，但这也只能怪你自已独独没有刺，不足以让他守定适当的距离。孔子又说：刑不上大夫。这就又难怪人们的要做绅士。

这些豪猪们，自然也可以用牙角或棍棒来抵御的，但至少必须拚出背一条豪猪社会所制定的罪名："下流"或"无礼"。

一月二十五日。

＊本篇最初发表于一九二六年二月二十五日《莽原》半月刊第四期。

不是信

一个朋友忽然寄给我一张《晨报副刊》，我就觉得有些特别，因为他是知道我懒得看这种东西的。但既然特别寄来了，姑且看题目罢：《关于下面一束通信告读者们》。署名是：志摩。哈哈，这是寄来和我开玩笑的，我想；赶紧翻转，便是几封信，这寄那，那寄这，看了几行，才知道似乎还是什么“闲话……闲话”问题。这问题我仅知道一点儿，就是曾在新潮社看见陈源教授即西滢先生的信，说及我“捏造的事实，传布的‘流言’，本来已经说不胜说”。不禁好笑；人就苦于不能将自己的灵魂砍成酱，因此能有记忆，也因此而有感慨或滑稽。记得首先根据了“流言”，来判决杨荫榆事件即女师大风潮的，正是这位西滢先生，那大文便登在去年五月三十日发行的《现代评论》上。我不该生长“某籍”又在“某系”教书，所以也被归入“暗中挑剔风潮”者之列，虽然他说还不相信，不过觉得可惜。在这里声明一句罢，以免读者的误解：“某系”云者，大约是指国文系，不是说研究系。那时我见了“流言”字样，曾经很愤然，立刻加以驳正，虽然也很自愧没有“十年读书十年养气的工夫”。不料过了半年，这些“流言”却变成由我传布的了，自造自己的“流言”，这真是自己掘坑埋自己，不必说聪明人，便是傻子也想不通。倘说这回的所谓“流言”，并非关于“某籍某系”的，乃是关于不信“流言”的陈源教授的了，则我实在不知道陈教授有怎样的被捏造的事实和流言在社会上传布。说起来惭愧煞人，我不赴宴会，很少往来，也不奔走，也不结什么文艺学术的社团，实在最不合式于做捏造事实和传布流言的枢纽。只是弄弄笔墨是在所不免的，但也不肯以流言为根据，故意给它传布开来，虽然偶有些“耳食之言”，又大抵是无关大体的事；要是错了，即使月久年深，也决不惜追加订正，例如对于汪原放先生“已作古人”一案，其间竟隔了几乎有两年。——但这自然是只对于看过《热风》的读者说的。

这几天，我的“捏……言”罪案，仿佛只等于昙花一现了，《一束通信》的主要部分中，似乎也承情没有将我“流”进去，不过在后屁股的《西滢致志摩》是附带的对我的专论，虽然并非一案，却因为亲属关系而灭族，或文字狱的株连一般。灭族呀，株连呀，又有点“刑名师爷”① 口吻了，其实这是事实，法家不过给他起了一个名，所谓“正人君子”是不肯说的，虽然不妨这样做。此外如甲对乙先用流言，后来却说乙制造流言这一类事，“刑名师爷”的笔下就简括到只有两个字：“反噬。”呜呼，这实在形容得痛快淋漓。然而古语说，“察见渊鱼者不祥”②，所以“刑名师爷”总没有好结果，这是我早经知道的。

我猜想那位寄给我《晨报副刊》的朋友的意思了：来刺激我，讥讽我，通知我的，还是要我也说几句话呢？终于不得而知。好，好在现在正须还笔债，就用这一点事来搪塞一通罢，说话最方便的题目是《鲁迅致□□》，既非根据学理和事实的论文，也不是“笑吟吟”的天才的讽刺，不过是私人通信而已，自己何尝愿意发表；无论怎么说，粪坑也好，毛厕也

---

① “刑名师爷”：清代官署中承办刑事判牍的幕僚，叫“刑名师爷”。一般善于舞文弄法，往往能左右人的祸福。

② “察见渊鱼者不祥”：“察见渊鱼”，比喻窥见别人心中的“隐匿”；“不祥”，指容易招来猜忌和祸患。

好，决定与“人气”无关。即不然，也是因为生气发热，被别人逼成的，正如别的副刊将被《晨报副刊》“逼死”一样。我的镜子真可恨，照出来的总是要使陈源教授呕吐的东西，但若以赵子昂①——“是不是他?”——画马为例，自然恐怕正是我自己。自己是没有什么要紧的，不过总得替□□想一想。现在不是要谈到《西滢致志摩》么，那可是极其危险的事，一不小心就要跌入“泥潭中”，遇到“悻悻的狗”，暂时再也看不见“笑吟吟”。至少，一关涉陈源两个字，你总不免要被公理家认为“某籍”，“某系”，“某党”，“喽罗”，“重女轻男”……等；而且还得小心记住，倘有人说过他是文士，是法兰斯，你便万不可再用“文士”或“法兰斯”字样，否则，——自然，当然又有“某籍”……等等的嫌疑了，我何必如此陷害无辜，《鲁迅致□□》决计不用，所以一直写到这里，还没有题目，且待写下去看罢。

我先前不是刚说我没有“捏造事实”么？那封信里举的却有。说是我说他“同杨荫榆女士有亲戚朋友的关系，并且吃了她许多的酒饭”了，其实都不对。杨荫榆女士的善于请酒，我说过的，或者别人也说过，并且偶见于新闻上。现在的有些公论家，自以为中立，其实却偏，或者和事主倒有亲戚、朋友、同学、同乡……等等关系，甚至于叨光了酒饭，我也说过的。这不是明明白白的么，报社收津贴，连同业中也互讦过，但大家仍都自称为公论。至于陈教授和杨女士是亲戚而且吃了酒饭，那是陈教授自己连结起来的，我没有说曾经吃酒饭，也不能保证未曾吃酒饭，没有说他们是亲戚，也不能保证他们不是亲戚，大概不过是同乡罢，但只要不是“某籍”，同

① 赵子昂（1254—1322）：赵孟頫，字子昂，浙江吴兴（今湖州）人，元代书画家，以画马著称。

乡有什么要紧呢。绍兴有“刑名师爷”，绍兴人便都是“刑名师爷”的例，是只适用于绍兴的人们的。

我有时泛论一般现状，而无意中触着了别人的伤疤，实在是非常抱歉的事。但这也是没法补救，除非我真去读书养气，一共廿年，被人们骗得老死牖下；或者自己甘心倒掉；或者遭了阴谋。即如上文虽然说明了他们是亲戚并不是我说的话，但因为列举的名词太多了，“同乡”两字，也足以招人“生气”，只要看自己愤然于“流言”中的“某籍”两字，就可想而知。照此看来，这一回的说“叭儿狗”（《莽原半月刊》第一期），怕又有人猜想我是指着他自己，在那里“悻悻”了。其实我不过是泛论，说社会上有神似这个东西的人，因此多说些它的主人：阔人，太监，太太，小姐。本以为这足见我是泛论了，名人们现在那里还有肯跟太监的呢，但是有些人怕仍要忽略了这一层，各各认定了其中的主人之一，而以“叭儿狗”自命。时势实在艰难，我似乎只有专讲上帝，总可以免于危险，而这事又非我所长。但是，倘使所有的只是暴戾之气，还是让它尽量发出来罢，“一群悻悻的狗”，在后面也好，在对面也好。我也知道将什么之气都放在心里，脸上笔下却全都“笑吟吟”，是极其好看的；可是掘不得，小小的挖一个洞，便什么之气都出来了。但其实这倒是真面目。

第二种罪案是“近一些的一个例”，陈教授曾“泛论图书馆的重要”，“说孤桐先生在他未下台以前发表的两篇文章里，这一层‘他似乎没看到’。”我却轻轻地改为“听说孤桐先生倒是想到了这一节，曾经发表过文章，然而下台了，很可惜”了。而且还问道：“你看见吗，那刀笔吏[1]的笔尖？”“刀笔吏”是不会有漏洞的，我却与陈教授的原文不合，所以成了

① 刀笔吏：对一般舞文弄法的讼师的通称。

罪案，或者也就不成其为“刀笔吏”了罢。《现代评论》早已不见，全文无从查考，现在就据这一回的话，敬谨改正，为“据说孤桐先生在未下台以前发表的文章里竟也没想到；现在又下了台，目前无法补救了，很可惜”罢。这里附带地声明，我的文字中，大概是用别人的原文用引号，举大意用“据说”，述听来的类似“流言”的用“听说”，和《晨报》大将文例不相同。

第三种罪案是关于我说“北大教授兼京师图书馆副馆长月薪至少五六百元的李四光”的事，据说已告了一年的假，假期内不支薪，副馆长的月薪又不过二百五十元。别一张《晨副》上又有本人的声明，话也差不多，不过说月薪确有五百元，只是他“只拿二百五十元”，其余的“捐予图书馆购买某种书籍”了。此外还给我许多忠告，这使我非常感谢，但愿意奉还“文士”的称号，我是不属于这一类的。只是我以为告假和辞职不同，无论支薪与否，教授也仍然是教授，这是不待“刀笔吏”才能知道的。至于图书馆的月薪，我确信李教授（或副馆长）现在每月“只拿二百五十元”的现钱，是美国那面的；中国这面的一半，真说不定要拖欠到什么时候才有。但欠帐究竟也是钱，别人的兼差，大抵多是欠帐，连一半现钱也没有，可是早成了有些论客的口实了，虽然其缺点是在不肯及早捐出去。我想，如果此后每月必发，而以学校欠薪作比例，中国的一半是明年的正月间会有的，倘以教育部欠俸作比例，则须十七年正月间才有，那时购买书籍来，我一定就更正，只要我还在做“官僚”，因为这容易得知，我也自信还有这样的记性，不至于今年忘了去年事。但是，倘若又被章士钊们革掉，那就莫明其妙，更正的事也只好作罢了。可是我所说的职衔和钱数，在今日却是事实。

第四种的罪案是……。陈源教授说，“好了，不举例了。”

为什么呢？大约是因为“本来已经说不胜说”，或者是在矫正“打笔墨官司的时候，谁写得多，骂得下流，捏造得新奇就是谁的理由大”的恶习之故罢，所以就用三个例来概其全般，正如中国戏上用四个兵卒来象征十万大军一样。此后，就可以结束，漫骂——“正人君子”一定另有名称，但我不知道，只好暂用这加于“下流”人等的行为上的话——了。原文很可以做“正人君子”的真相的标本，删之可惜，扯下来粘在后面罢——

> “有人同我说，鲁迅先生缺乏的是一面大镜子，所以永远见不到他的尊容。我说他说错了。鲁迅先生的所以这样，正因为他有了一面大镜子。你听见过赵子昂——是不是他？——画马的故事罢？他要画一个姿势，就对镜伏地做出那个姿势来。鲁迅先生的文章也是对了他的大镜子写的，没有一句骂人的话不能应用在他自己的身上。要是你不信，我可以同你打一个赌。”

这一段意思很了然，犹言我写马则自己就是马，写狗自己就是狗，说别人的缺点就是自己的缺点，写法兰斯自己就是法兰斯，说“臭毛厕”自己就是臭毛厕，说别人和杨荫榆女士同乡，就是自己和她同乡。赵子昂也实在可笑，要画马，看看真马就够了，何必定作畜生的姿势；他终于还是人，并不沦入马类，总算是侥幸的。不过赵子昂也是“某籍”，所以这也许还是一种“流言”，或自造，或那时的“正人君子”所造都说不定。这只能看作一种无稽之谈。倘若陈源教授似的信以为真，自己也照样做，则写法兰斯的时候坐下做一个法姿势，讲“孤桐先生”的时候立起做一个孤姿势，倒还堂哉皇哉；可是讲“粪车”也就得伏地变成粪车，说“毛厕”即须翻身充当便所，未免连臭架子也有些失掉罢，虽然肚子里本来满是这样的货色。

“不是有一次一个报馆访员称我们为‘文士’吗？鲁迅先生为了那名字几乎笑掉了牙。可是后来某报天天鼓吹他是‘思想界的权威者’他倒又不笑了。”

“他没有一篇文章里不放几枝冷箭，但是他自己常常的说人‘放冷箭’，并且说‘放冷箭’是卑劣的行为。”

“他常常‘散布流言’和‘捏造事实’，如上面举出来的几个例，但是他自己又常常的骂人‘散布流言’‘捏造事实’，并且承认那样是‘下流’。”

“他常常的无故骂人，要是那人生气，他就说人家没有‘幽默’。可是要是有人侵犯了他一言半语，他就跳到半天空，骂得你体无完肤——还不肯罢休。”

这是根据了三条例和一个赵子昂故事的结论。其实是称别个为“文士”我也笑，称我为“思想界的权威者”我也笑，但牙却并非“笑掉”，据说是“打掉”的，这较可以使他们快意些。至于“思想界的权威者”等等，我连夜梦里也没有想做过，无奈我和“鼓吹”的人不相识，无从劝止他，不像唱双簧的朋友，可以彼此心照；况且自然会有“文士”来骂倒，更无须自己费力。我也不想借这些头衔去发财发福，有了它于实利上是并无什么好处的。我也曾反对过将自己的小说采入教科书，怕的是教错了青年，记得曾在报上发表；不过这本不是对上流人说的，他们当然不知道。冷箭呢，先是不肯的，后来也放过几枝，但总是对于先“放冷箭”用“流言”的如陈源教授之辈，“请君入瓮”，也给他尝尝这滋味。不过虽然对于他们，也还是明说的时候多，例如《语丝》上的《音乐》就说明是指徐志摩先生，《我的籍和系》和《并非闲话》也分明对西滢即陈源教授而发；此后也还要射，并无悔祸之心。至于署名，则去年以来只用一个，就是陈教授之所谓“鲁迅，即教育部佥事周树人”就是。但在下半年，应将“教育部佥事”

五字删去，因为被“孤桐先生”所革；今年却又变了“暂署佥事”了，还未去做，然而豫备去做的，目的是在弄几文俸钱，因为我祖宗没有遗产，老婆没有奁田，文章又不值钱，只好以此暂且糊口。还有一个小目的，是在对于以我去年的免官为“痛快”者，给他一个不舒服，使他恨得扒耳搔腮，忍不住露出本相。至于“流言”，则先已说过，正是陈源教授首先发明的专卖品，独有他听到过许多；在我呢，心术是看不见的东西，且勿说，我的躲在家里的生活即不利于作“捏……言”的枢纽。剩下的只有“幽默”问题了，我又没有说过这些话，也没有主张过“幽默”，也许将这两字连写，今天还算第一回。我对人是“骂人”，人对我是“侵犯了一言半语”，这真使我记起我的同乡“刑名师爷”来，而且还是弄着不正经的“出重出轻”的玩意儿的时候。这样看来，一面镜子确是该有的，无论生在那一县。还有罪状哩——

“他常常挖苦别人家抄袭。有一个学生钞了沫若的几句诗，他老先生骂得刻骨镂心的痛快，可是他自己的《中国小说史略》，却就是根据日本人盐谷温的《支那文学概论讲话》里面的‘小说’一部分。其实拿人家的著述做你自己的蓝本，本可以原谅，只要你在书中有那样的声明，可是鲁迅先生就没有那样的声明。在我们看来，你自己做了不正当的事也就罢了，何苦再去挖苦一个可怜的学生，可是他还尽量的把人家刻薄。‘窃钩者诛，窃国者侯’，本是自古已有的道理。”

这“流言”早听到过了；后来见于《闲话》，说是“整大本的摽窃”，但不直指我，而同时有些人的口头上，却相传是指我的《中国小说史略》。我相信陈源教授是一定会干这样勾当的。但他既不指名，我也就只回敬他一通骂街，这可实在不止“侵犯了他一言半语”。这回说出来了；我的“以小人之心”也没有猜错了“君子之腹”。但那罪名却改为“做你自己的蓝本”了，比先前轻得多，仿佛比自谦为“一言半语”的“冷箭”钝了一点似的。盐谷氏①的书，确是我的参考书之一，我的《小说史略》二十八篇的第二篇，是根据它的，还有论《红楼梦》的几点和一张《贾氏系图》，也是根据它的，但不过是大意，次序和意见就很不同。其他二十六篇，我都有我独立的准备，证据是和他的所说还时常相反。例如现有的汉人小说，他以为真，我以为假；唐人小说的分类他据森槐南②，我却用我法。六朝小说他据《汉魏丛书》③，我据别本及自己的辑本，这工夫曾经费去两年多，稿本有十册在这里④；唐人小说他据谬误最多的《唐人说荟》⑤，我是用《太平广记》⑥ 的，此外还一本一本搜起来……。其余分量，取舍，考证的不同，尤难枚举。自然，大致是不能不同的，例如他说汉后有唐，唐后有宋，我也这样说，因为都以中国史实为“蓝本”。我无法“捏造得新奇”，虽然塞文狄斯的事实和“四书”合成的时代也不妨创造。但我的意见，却以为似乎不可，因为历史和诗歌、小说是两样的。诗歌小说虽有人说同是天才即不妨所见略同，所作相像，但我以为究竟也以独创为贵；历史则是纪事，固然不当偷成书，但也不必全两样。说诗歌小说相类不妨，历史有几点近似便是““摽窃”，那是“正人君子”的特别意见，只在以“一言半语”“侵犯”“鲁迅先生”时才适用的。好在

① 盐谷氏：指盐谷温（1878—1962），日本汉学家，时任东京大学教授。

② 森槐南（1863—1911）：日本，汉学家。

③ 《汉魏丛书》：明代何镗辑，内收汉魏六朝间遗书百种。

④ 指《古小说钩沉》。内收自周至隋散佚小说三十六种，是研究中国小说史的重要资料。

⑤ 《唐人说荟》：小说笔记丛书，共二十卷。

⑥ 《太平广记》：宋代李昉等奉敕纂辑的类书。太平兴国三年（978）编成，内多收六朝至宋代初年的小说、野史。

盐谷氏的书听说（！）已有人译成（？）中文，两书的异点如何，怎样“整大本的摽窃”，还是做“蓝本”，不久（？）就明白了。在这以前，我以为恐怕连陈源教授自己也不知道这些底细，因为不过是听来的“耳食之言”。不知道对不对？（盐谷教授的《支那文学概论讲话》的译本，今年夏天看见了，将五百余页的原书，译成了薄薄的一本，那小说一部分，和我的也无从对比了。广告上却道“选译”。措辞实在聪明得很。十月十四日补记。）

但我还要对于“一个学生钞了沫若的几句诗”这事说几句话；“骂得刻骨镂心的痛快”的，似乎并不是我。因为我于诗向不留心，所以也没有看过“沫若的诗”，因此即更不知道别人的是否抄袭。陈源教授的那些话，说得坏一点，就是“捏造事实”，故意挑拨别人对我的恶感，真可以说发挥着他的真本领。说得客气一点呢，他自说写这信时是在“发热”，那一定是热度太高，发了昏，忘记装腔了，不幸显出本相；并且因为自己爬着，所以觉得我“跳到半天空”，自己抓破了皮肤或者一向就破着，却以为被我“骂”破了。——但是，我在有意或无意中碰破了一角纸糊绅士服，那也许倒是有的；此后也保不定。彼此迎面而来，总不免要挤擦，碰磕，也并非“还不肯罢休”。

绅士的跳踉丑态，实在特别好看，因为历来隐藏蕴蓄着，所以一来就比下等人更浓厚。因这一回的放泄，我才悟到陈源教授大概是以为揭发叔华女士的剽窃小说图画的文章，也是我做的，所以早就将“大盗”两字挂在“冷箭”上，射向“思想界的权威者”。殊不知这也不是我做的，我并不看这些小说。“琵亚词侣”的画，我是爱看的，但是没有书，直到那“剽窃”问题发生后，才刺激我去买了一本 Art of A. Beardsley 来，化钱一元七。可怜教授的心目中所看见的并不是我的影，叫跳竟都白费了。遇见的“粪车”，也是境由心造的，正是自己脑子里的货色，要吐的唾沫，还是静静的咽下去罢。

太费纸张了，虽然我不至于娇贵到会发热，但也得赶紧的收梢，然而还得粘上一段大罪状——

“据他自己的自传，他从民国元年便做了教育部的官，从没脱离过。所以袁世凯称帝，他在教育部，曹锟贿选，他在教育部，‘代表无耻的彭允彝，做总长，他也在教育部，甚而至于‘代表无耻的章士钊’免了他的职后，他还大嚷‘佥事这一个官儿倒也并不算怎样的“区区”，’怎样有人在那里钻谋补他的缺，怎样以为无足轻重的人是‘慷他人之慨’，如是如是，这样这样，……这像‘青年叛徒的领袖’吗?”

“其实一个人做官也不大要紧，做了官再装出这样的面孔来可叫人有些恶心吧了。”

“现在又有人送他‘土匪’的名号了。好一个‘土匪’。”

苦心孤诣给我加了上去的“土匪”的恶名，这一回忽又否认了，可见唾沫还是静静的咽下去好，免得后来自己舔回去。但是，“文士”别有慧心，那里会给我便宜呢，自然即代以自“袁世凯称帝”以来的罪恶，仿佛“称帝”“贿选”那类事，我既在教育部，即等于全由我一手包办似的。这是真的，从那时以来，我确没有带兵独立过，但我也没有冷笑云南起义，也没有希望国民军失败；对于教育部，其实是脱离过两回，一是张勋复辟时，一就是章士钊长部时，前一回以教授的一点才力自然不知道，后一回却忘却得有些离奇。我向来就“装出这样的面孔”，不但毫不顾忌陈源教授可“有些恶心”，对于“孤桐先生”也一样。要在我的面孔上寻出些有趣来，本来是没头脑的妄想，还是去看别的面孔罢。

这类误解似乎不止陈源教授，有些人也往往如此，以为教员清高，官僚是卑下的。真所谓“得意忘形”，“官僚官僚”的骂着。可悲的就在此，现在的骂官僚的人里面，到外国去炸大①过一回而且做教员的就很多：所谓“钻谋补他的缺”的也就是这一流，那时我说“佥事这一个官儿倒也并不算怎样的‘区区，’”就为此人的乘机想做官而发，刺他一针，聊且快意，不提防竟又被陈教授“刻骨镂心”的记住了，也许又疑心我向他在“放冷箭”了罢。

我并非因为自己是官僚，定要上侪于清高的教授之列，官僚的高下也因人而异，如所谓“孤桐先生”，做官时办《甲寅》，佩服的人就很多，下台之后，听说更有生气了。而我“下台”时所做的文章，岂不是不但并不更有生气，还招了陈源教授的一顿“教训”，而且罪孽深重，延祸“面孔”了么？这是以文才和面孔言；至于从别一方面看，则官僚与教授就有“一丘之貉”之叹，这就是说：钱的来源。国家行政机关的事务官所得的所谓俸钱，国立学校的教授所得的所谓薪水，还不是同一来源，出于国库的么？在曹锟政府下做国立学校的教员，和做官的没有大区别。难道教员的是捐给了学校，所以特别清高了？袁世凯称帝时代，陈源教授或者还在外国的研究室里，是到了曹锟贿选前后才做教授的，比我到北京迟得多，福气也比我好得多。曹锟贿选，他做教授，“代表无耻的彭允彝做总长”，他做教授，“甚而至于‘代表无耻的章士钊’做总长”，他自然做教授，我可是被革掉了，甚而至于待到那“甚而至于‘代表无耻的章士钊’”不做总长了，他自然还做教授，归国以来，一帆风顺，一个小钉子也没有碰。这当然是因

① 炸大：对出国留学“镀金”后身价倍增的戏称。

为有适宜的面孔，不“叫人有些恶心”之故喽。看他脸上既无我一样的可厌的“八字胡子”，也可以说没有“官僚的神情”，所以对于他的面孔，却连我也并没有什么大“恶心”，而且仿佛还觉得有趣。这一类的面孔，只要再白胖一点，也许在中国就不可多得了。

不免招我说几句费话的不过是他对镜装成的姿势和“爆发”出来的蕴蓄，但又即刻掩了起来，关上大门，据说“大约不再打这样的笔墨官司”了。前面的香车既经沓然，我且不做叫门的事，因为这些时候所遇到的大概不过几个家丁；而且已是往“国立北京女子师范大学复校纪念会”的时候了，就这样的算收束。

二月一日。

* 本篇最初发表于一九二六年二月八日《语丝》周刊第六十五期。

我还不能"带住"

一月三十日《晨报副刊》上满载着一些东西，现在有人称它为"攻周专号"，真是些有趣的玩意儿，倒可以看见绅士的本色。不知怎的，今天的《晨副》忽然将这事结束，照例用通信，李四光教授开场白，徐志摩"诗哲"接后段，一唱一和，说道"带住！让我们对着混斗的双方猛喝一声，带住！"了。还"声明一句，本刊此后不登载对人攻击的文字"云。

他们的什么"闲话……闲话"问题，本与我没有什么鸟相干，"带住"也好，放开也好，拉拢也好，自然大可以随便玩把戏。但是，前几天不是因为"令兄"关系，连我的"面孔"都攻击过了么？我本没有去"混斗"，倒是株连了我。现在我还没有怎样开口呢，怎么忽然又要"带住"了？从绅士们看来，这自然不过是"侵犯"了我"一言半语"，正无须"跳到半天空"，然而我其实也并没有"跳到半天空"，只是还不能这样地谨听指挥，你要"带住"了，我也就"带住"。

对不起，那些文字我无心细看，"诗哲"所说的要点，似乎是这样闹下去，要失了大学教授的体统，丢了"负有指导青年重责的前辈"的丑，使学生不相信，青年不耐烦了。可怜可怜，有臭赶紧遮起来。"负有指导青年重责的前辈"，有这么多的丑可丢，有那么多的丑怕丢么？用绅士服将"丑"层层包裹，装着好面孔，就是教授，就是青年的导师么？中国的青年不要高帽皮袍，装腔作势的导师；要并无伪饰，——倘没有，也得少有伪饰的导师。倘有戴着假面，以导师自居的，就得叫他除下来，否则，便将它撕下来，互相撕下来。撕得鲜血淋漓，臭架子打得粉碎，然后可以谈后话。这时候，即使只值半文钱，却是真价值；即使丑得要使人“恶心”，却是真面目。略一揭开，便又赶忙装进缎子盒里去，虽然可以使人疑是钻石，也可以猜作粪土，纵使外面满贴着好招牌，法兰斯呀，萧伯讷呀，……毫不中用的！

李四光教授先劝我“十年读书十年养气”。还一句绅士话罢：盛意可感。书是读过的，不止十年，气也养过的，不到十年，可是读也读不好，养也养不好。我是李教授所早认为应当“投畀豺虎”者之一，此时本已不必温言劝谕，说什么“弄到人家无故受累”，难道真以为自己是“公理”的化身，判我以这样巨罚之后，还要我叩谢天恩么？还有，李教授以为我“东方文学家的风味，似乎格外的充足，……所以总要写到露骨到底，才尽他的兴会。”我自己的意见却绝不同。我正因为生在东方，而且生在中国，所以“中庸”“稳妥”的余毒，还沦肌浃髓，比起法国的勃罗亚①——他简直称大报的记者为“蛆虫”——来，真是“小巫见大巫”，使我自惭究竟不及白人之毒辣勇猛。即以李教授的事为例罢：一，因为我知道李教授是科学家，不很“打笔墨官司”的，所以只要可以不提，便不提；只因为要回敬贵会友②一杯酒，这才说出“兼差”的事来。二，关于兼差和薪水一节，已在《语丝》（六五）上答复了，但也还没有“写到露骨到底”。

我自己也知道，在中国，我的笔要算较为尖刻的，说话有时也不留情面。但我又知道人们怎样地用了公理正义的美名，

---

① 勃罗亚（L. Bloy，1846—1917）：法国作家，著有《一个专事拆毁的工程师的话》、《失望者》等。

② 指王世杰，他也是“教育界公理维持会”的成员。

正人君子的徽号，温良敦厚的假脸，流言公论的武器，吞吐曲折的文字，行私利己，使无刀无笔的弱者不得喘息。倘使我没有这笔，也就是被欺侮到赴诉无门的一个；我觉悟了，所以要常用，尤其是用于使麒麟皮下露出马脚。万一那些虚伪者居然觉得一点痛苦，有些省悟，知道技俩也有穷时，少装些假面目，则用了陈源教授的话来说，就是一个“教训”。只要谁露出真价值来，即使只值半文，我决不敢轻薄半句。但是，想用了串戏的方法来哄骗，那是不行的；我知道的，不和你们来敷衍。

“诗哲”为援助陈源教授起见，似乎引过罗曼罗兰的话，大意是各人的身上都有鬼，但人却只知道打别人身上的鬼。没有细看，说不清了，要是差不多，那就是一并承认了陈源教授的身上也有鬼，李四光教授自然也难逃。他们先前是自以为没有鬼的。假使真知道了自己身上也有鬼，“带住”的事可就容易办了。只要不再串戏，不再摆臭架子，忘却了你们的教授的头衔，且不做指导青年的前辈，将你们的“公理”的旗插到“粪车”上去，将你们的绅士衣装抛到“臭毛厕”里去，除下假面具，赤条条地站出来说几句真话就够了！

二月三日。

＊本篇最初发表于一九二六年二月七日北京《京报副刊》。

送灶日漫笔

坐听着远远近近的爆竹声，知道灶君先生们都在陆续上天，向玉皇大帝讲他的东家的坏话去了，但是他大概终于没有讲，否则，中国人一定比现在要更倒楣。

灶君升天的那日，街上还卖着一种糖，有柑子那么大小，在我们那里也有这东西，然而扁的，像一个厚厚的小烙饼。那就是所谓“胶牙饧”了。本意是在请灶君吃了，粘住他的牙，使他不能调嘴学舌，对玉帝说坏话。我们中国人意中的神鬼，似乎比活人要老实些，所以对鬼神要用这样的强硬手段，而于活人却只好请吃饭。

今之君子往往讳言吃饭，尤其是请吃饭。那自然是无足怪的，的确不大好听。只是北京的饭店那么多，饭局那么多，莫非都在食蛤蜊，谈风月，“酒酣耳热而歌呜呜”么？不尽然的，的确也有许多“公论”从这些地方播种，只因为公论和请帖之间看不出蛛丝马迹，所以议论便堂哉皇哉了。但我的意见，却以为还是酒后的公论有情。人非木石，岂能一味谈理，碍于情面而偏过去了，在这里正有着人气息。况且中国是一向重情面的。何谓情面？明朝就有人解释过，曰：“情面者，面情之谓也。”自然不知道他说什么，但也就可以懂得他说什么。在现今的世上，要有不偏不倚的公论，本来是一种梦想；即使是饭后的公评，酒后的宏议，也何尝不可姑妄听之呢。然而，倘以为那是真正老牌的公论，却一定上当，——但这也不能独归罪于公论家，社会上风行请吃饭而讳言请吃饭，使人们不得不虚假，那自然也应该分任其咎的。

记得好几年前，是“兵谏”之后，有枪阶级专喜欢在天津会议的时候，有一个青年愤愤地告诉我道：他们那里是会议呢，在酒席上，在赌桌上，带着说几句就决定了。他就是受了“公论不发源于酒饭说”之骗的一个，所以永远是愤然，殊不知他那理想中的情形，怕要到二九二五年才会出现呢，或者竟许到三九二五年。

然而不以酒饭为重的老实人，却是的确也有的，要不然，中国自然还要坏。有些会议，从午后二时起，讨论问题，研究章程，此问彼难，风起云涌，一直到七八点，大家就无端觉得有些焦躁不安，脾气愈大了，议论愈纠纷了，章程愈渺茫了，虽说我们到讨论完毕后才散罢，但终于一哄而散，无结果。这就是轻视了吃饭的报应，六七点钟时分的焦躁不安，就是肚子对于本身和别人的警告，而大家误信了吃饭与讲公理无关的妖言，毫不瞅睬，所以肚子就使你演说也没精采，宣言也——连草稿都没有。

但我并不说凡有一点事情，总得到什么太平湖饭店，撷英番菜馆之类里去开大宴；我于那些店里都没有股本，犯不上替他们来拉主顾，人们也不见得都有这么多的钱。我不过说，发议论和请吃饭，现在还是有关系的；请吃饭之于发议论，现在也还是有益处的；虽然，这也是人情之常，无足深怪的。

顺便还要给热心而老实的青年们进一个忠告，就是没酒没饭的开会，时候不要开得太长，倘若时候已晚了，那么，买几个烧饼来吃了再说。这么一办，总可以比空着肚子的讨论容易有结果，容易得收场。

胶牙饧的强硬办法，用在灶君身上我不管它怎样，用之于活人是不大好的。倘是活人，莫妙于给他醉饱一次，使他自己不开口，却不是胶住他。中国人对人的手段颇高明，对鬼神却总有些特别，二十三夜的捉弄灶君即其一例，但说起来也奇怪，灶君竟至于到了现在，还仿佛没有省悟似的。

道士们的对付“三尸神”①，可是更利害了。我也没有做过道士，详细是不知道的，但据“耳食之言”，则道士们以为人身中有三尸神，到有一日，便乘人熟睡时，偷偷地上天去奏本身的过恶。这实在是人体本身中的奸细，《封神传演义》常说的“三尸神暴躁，七窍生烟”的三尸神，也就是这东西。但据说要抵制他却不难，因为他上天的日子是有一定的，只要这一日不睡觉，他便无隙可乘，只好将过恶都放在肚子里，再看明年的机会了。连胶牙饧都没得吃，他实在比灶君还不幸，值得同情。

三尸神不上天，罪状都放在肚子里；灶君虽上天，满嘴是糖，在玉皇大帝面前含含胡胡地说了一通，又下来了。对于下界的情形，玉皇大帝一点也听不懂，一点也不知道，于是我们今年当然还是一切照旧，天下太平。

我们中国人对于鬼神也有这样的手段。

我们中国人虽然敬信鬼神；却以为鬼神总比人们傻，所以就用了特别的方法来处治他。至于对人，那自然是不同的了，但还是用了特别的方法来处治，只是不肯说；你一说，据说你就是卑视了他了。诚然，自以为看穿了的话，有时也的确反不免于浅薄。

二月五日。

＊本篇最初发表于一九二六年二月十一日《国民新报副刊》。

① “三尸神”：道教对在人体内作祟的神的称呼。

谈皇帝

中国人的对付鬼神，凶恶的是奉承，如瘟神和火神之类，老实一点的就要欺侮，例如对于土地或灶君。待遇皇帝也有类似的意思。君民本是同一民族，乱世时“成则为王败则为贼”，平常是一个照例做皇帝，许多个照例做平民；两者之间，思想本没有什么大差别。所以皇帝和大臣有“愚民政策”，百姓们也自有其“愚君政策”。

往昔的我家，曾有一个老仆妇，告诉过我她所知道，而且相信的对付皇帝的方法。她说——

> “皇帝是很可怕的。他坐在龙位上，一不高兴，就要杀人；不容易对付的。所以吃的东西也不能随便给他吃，倘是不容易办到的，他吃了又要，一时办不到；——譬如他冬天想到瓜，秋天要吃桃子，办不到，他就生气，杀人了。现在是一年到头给他吃波菜，一要就有，毫不为难。但是倘说是波菜，他又要生气的，因为这是便宜货，所以大家对他就不称为波菜，另外起一个名字，叫作‘红嘴绿鹦哥’。”

在我的故乡，是通年有波菜的，根很红，正如鹦哥的嘴一样。

这样的连愚妇人看来，也是呆不可言的皇帝，似乎大可以不要了。然而并不，她以为要有的，而且应该听凭他作威作福。至于用处，仿佛在靠他来镇压比自己更强梁的别人，所以随便杀人，正是非备不可的要件。然而倘使自己遇到，且须侍奉呢？可又觉得有些危险了，因此只好又将他练成傻子，终年耐心地专吃着“红嘴绿鹦哥”。

其实利用了他的名位，“挟天子以令诸侯”的，和我那老仆妇的意思和方法都相同，不过一则又要他弱，一则又要他愚。儒家的靠了“圣君”来行道也就是这玩意，因为要“靠”，所以要他威重，位高；因为要便于操纵，所以又要他颇老实，听话。

皇帝一自觉自己的无上威权，这就难办了。既然“普天之下，莫非皇土”，他就胡闹起来，还说是“自我得之，自我失之，我又何恨”哩！于是圣人之徒也只好请他吃“红嘴绿鹦哥”了，这就是所谓“天”。据说天子的行事，是都应该体帖天意，不能胡闹的；而这“天意”也者，又偏只有儒者们知道着。

这样，就决定了：要做皇帝就非请教他们不可。

然而不安分的皇帝又胡闹起来了。你对他说“天”么，他却道，“我生不有命在天?!”岂但不仰体上天之意而已，还逆天，背天，“射天”，简直将国家闹完，使靠天吃饭的圣贤君子们，哭不得，也笑不得。

于是乎他们只好去著书立说，将他骂一通，豫计百年之后，即身殁之后，大行于时，自以为这就了不得。

但那些书上，至多就止记着“愚民政策”和“愚君政策”全都不成功。

二月十七日。

＊本篇最初发表于一九二六年三月九日《国民新报副刊》。

无花的蔷薇

1

又是 Schopenhauer 先生的话——

“无刺的蔷薇是没有的。——然而没有蔷薇的刺却很多。”

题目改变了一点，较为好看了。

“无花的蔷薇”也还是爱好看。

2

去年，不知怎的这位勗本华尔先生忽然合于我们国度里的绅士们的脾胃了，便拉扯了他的一点《女人论》；我也就夹七夹八地来称引了好几回，可惜都是刺，失了蔷薇，实在大煞风景，对不起绅士们。

记得幼小时候看过一出戏，名目忘却了，一家正在结婚，而勾魂的无常鬼已到，夹在婚仪中间，一同拜堂，一同进房，一同坐床……实在大煞风景，我希望我还不至于这样。

3

有人说我是“放冷箭者”。

我对于“放冷箭”的解释，颇有些和他们一流不同，是说有人受伤，而不知这箭从什么地方射出。所谓“流言”者，庶几近之。但是我，却明明站在这里。

但是我，有时虽射而不说明靶子是谁，这是因为初无“与众共弃”之心，只要该靶子独自知道，知道有了洞，再不要面皮鼓得急绷绷，我的事就完了。

4

蔡孑民先生一到上海，《晨报》就据国闻社电报郑重地发表他的谈话，而且加以按语，以为“当为历年潜心研究与冷眼观察之结果，大足诏示国人，且为知识阶级所注意也”。

我很疑心那是胡适之先生的谈话，国闻社的电码有些错误了。

5

预言者，即先觉，每为故国所不容，也每受同时人的迫害，大人物也时常这样。他要得人们的恭维赞叹时，必须死掉，或者沉默，或者不在面前。

总而言之，第一要难于质证。

如果孔丘，释迦，耶稣基督还活着，那些教徒难免要恐慌。对于他们的行为，真不知道教主先生要怎样慨叹。

所以，如果活着，只得迫害他。

待到伟大的人物成为化石，人们都称他伟人时，他已经变了傀儡了。

有一流人之所谓伟大与渺小，是指他可给自己利用的效果的大小而言。

6

法国罗曼罗兰先生今年满六十岁了。晨报社为此征文，徐志摩先生于介绍之余，发感慨道：“……但如其有人拿一些时行的口号，什么打倒帝国主义等等，或是分裂与猜忌的现象，去报告罗兰先生说这是新中国，我再也不能预料他的感想了。”（《晨副》一二九九）

他住得远，我们一时无从质证，莫非从“诗哲”的眼光看来，罗兰先生的意思，是以为新中国应该欢迎帝国主义的么？

“诗哲”又到西湖看梅花去了，一时也无从质证。不知孤山的古梅，著花也未，可也在那里反对中国人“打倒帝国主义”？

7

志摩先生曰：“我很少夸奖人的。但西滢就他学法郎士的文章说，我敢说，已经当得起一句天津话：‘有根’了。”而且“像西滢这样，在我看来，才当得起‘学者’的名词。”（《晨副》一四二三）

西滢教授曰：“中国的新文学运动，方在萌芽，可是稍有贡献的人，如胡适之，徐志摩，郭沫若，郁达夫，丁西林，周氏兄弟等等都是曾经研究过他国文学的人。尤其是志摩他非但在思想方面，就是在体制方面，他的诗及散文，都已经有一种中国文学里从来不曾有过的风格。”（《现代》六三）

虽然抄得麻烦，但中国现今“有根”的“学者”和“尤其”的思想家及文人，总算已经互相选出了。

8

志摩先生曰：“鲁迅先生的作品，说来大不敬得很，我拜读过很少，就只《呐喊》集里两三篇小说，以及新近因为有人尊他是中国的尼采他的《热风》集里的几页。他平常零星的东西，我即使看也等于白看，没有看进去或是没有看懂。”(《晨副》一四三三)

西滢教授曰：“鲁迅先生一下笔就构陷人家的罪状。……可是他的文章，我看过了就放进了应该去的地方——说句体己话，我觉得它们就不应该从那里出来——手边却没有。”同上

虽然抄得麻烦，但我总算已经被中国现在“有根”的“学者”和“尤其”的思想家及文人协力踏倒了。

9

但我愿奉还“曾经研究过他国文学”的荣名。“周氏兄弟”之一，一定又是我了。我何尝研究过什么呢，做学生时候看几本外国小说和文人传记，就能算“研究过他国文学”么?

该教授——恕我打一句“官话”——说过，我笑别人称他们为“文士”，而不笑“某报天天鼓吹”我是“思想界的权威者”。现在不了，不但笑，简直唾弃它。

10

其实呢，被毁则报，被誉则默，正是人情之常。谁能说人的左颊既受爱人接吻而不作一声，就得援此为例，必须默默地将右颊给仇人咬一口呢?

我这回的竟不要那些西滢教授所颁赏陪衬的荣名，“说句体己话”罢，实在是不得已。我的同乡不是有“刑名师爷”的么?他们都知道，有些东西，为要显示他伤害你的时候的公正，在不相干的地方就称赞你几句，似乎有赏有罚，使别人看去，很像无私。……

“带住!”又要“构陷人家的罪状”了。只是这一点，就已经够使人“即使看也等于白看”，或者“看过了就放进了应该去的地方”了。

二月二十七日。

* 本篇最初发表于一九二六年三月八日《语丝》周刊第六十九期。

无花的蔷薇之二

1

英国勃尔根①贵族曰："中国学生只知阅英文报纸，而忘却孔子之教。英国之大敌，即此种极力诅咒帝国而幸灾乐祸之学生。……中国为过激党之最好活动场。……"（一九二五年六月三十日伦敦路透电。）

南京通信云："基督教城中会堂聘金大教授某神学博士讲演，中有谓孔子乃耶稣之信徒，因孔子吃睡时皆祷告上帝。当有听众……质问何所据而云然；博士语塞。时乃有教徒数人，突紧闭大门，声言'发问者，乃苏俄卢布买收来者。'当呼警捕之。……"（三月十一日《国民公报》。）

苏俄的神通真是广大，竟能买收叔梁纥②，使生孔子于耶稣之前，则"忘却孔子之教"和"质问何所据而云然"者，当然都受着卢布的驱使无疑了。

2

西滢教授曰："听说在'联合战线'中，关于我的流言特

① 勃尔根：时任英国驻印度的内务部部长。
② 叔梁纥：春秋时期鲁国人，孔子的父亲。

别多，并且据说我一个人每月可以领到三千元。‘流言’是在口上流的，在纸上到也不大见。”（《现代》六十五。）

该教授去年是只听到关于别人的流言的，却由他在纸上发表；据说今年却听到关于自己的流言了，也由他在纸上发表。“一个人每月可以领到三千元”，实在特别荒唐，可见关于自己的“流言”都不可信。但我以为关于别人的似乎倒是近理者居多。

3

据说“孤桐先生”下台之后，他的什么《甲寅》居然渐渐的有了活气了。可见官是做不得的。

然而他又做了临时执政府秘书长了，不知《甲寅》可仍然还有活气？如果还有，官也还是做得的……

4

已不是写什么“无花的蔷薇”的时候了。

虽然写的多是刺，也还要些和平的心。

现在，听说北京城中，已经施行了大杀戮了。当我写出上面这些无聊的文字的时候，正是许多青年受弹饮刃的时候。呜呼，人和人的魂灵，是不相通的。

5

中华民国十五年三月十八日，段祺瑞政府使卫兵用步枪大刀，在国务院门前包围虐杀徒手请愿，意在援助外交之青年男女，至数百人之多。还要下令，诬之曰“暴徒！”

如此残虐险狠的行为，不但在禽兽中所未曾见，便是在人类中也极少有的，除却俄皇尼古拉二世使可萨克兵击杀民众的事，仅有一点相像。

6

中国只任虎狼侵食，谁也不管。管的只有几个年青的学生，他们本应该安心读书的，而时局漂摇得他们安心不下。假如当局者稍有良心，应如何反躬自责，激发一点天良？

然而竟将他们虐杀了！

7

假如这样的青年一杀就完，要知道屠杀者也决不是胜利者。

中国要和爱国者的灭亡一同灭亡。屠杀者虽然因为积有金资，可以比较长久地养育子孙，然而必至的结果是一定要到的。“子孙绳绳”又何足喜呢？灭亡自然较迟，但他们要住最不适于居住的不毛之地，要做最深的矿洞的矿工，要操最下贱的生业……。

8

如果中国还不至于灭亡，则已往的史实示教过我们，将来的事便要大出于屠杀者的意料之外——

这不是一件事的结束，是一件事的开头。

墨写的谎说，决掩不住血写的事实。

血债必须用同物偿还。拖欠得愈久，就要付更大的利息！

9

以上都是空话。笔写的，有什么相干？

实弹打出来的却是青年的血。血不但不掩于墨写的谎语，不醉于墨写的挽歌；威力也压它不住，因为它已经骗不过，打不死了。

三月十八日，民国以来最黑暗的一天，写。

* 本篇最初发表于一九二六年三月二十九日《语丝》周刊第七十二期。

“死　地”

从一般人，尤其是久受异族及其奴仆鹰犬的蹂躏的中国人看来，杀人者常是胜利者，被杀者常是劣败者。而眼前的事实也确是这样。

三月十八日段政府惨杀徒手请愿的市民和学生的事，本已言语道断①，只使我们觉得所住的并非人间。但北京的所谓言论界，总算还有评论，虽然纸笔喉舌，不能使洒满府前的青年的热血逆流入体，仍复苏生转来。无非空口的呼号，和被杀的事实一同逐渐冷落。

但各种评论中，我觉得有一些比刀枪更可以惊心动魄者在。这就是几个论客，以为学生们本不应当自蹈死地，前去送死的。倘以为徒手请愿是送死，本国的政府门前是死地，那就中国人真将死无葬身之所，除非是心悦诚服地充当奴子，“没齿而无怨言”。不过我还不知道中国人的大多数人的意见究竟如何。假使也这样，则岂但执政府前，便是全中国，也无一处不是死地了。

人们的苦痛是不容易相通的。因为不易相通，杀人者便以杀人为唯一要道，甚至于还当作快乐。然而也因为不容易相通，所以杀人者所显示的“死之恐怖”，仍然不能够儆戒后

① 言语道断：佛家语。原意是不可言说，这里表示悲愤以至于无话可说。

来，使人民永远变作牛马。历史上所记的关于改革的事，总是先仆后继者，大部分自然是由于公义，但人们的未经“死之恐怖”，即不容易为“死之恐怖”所慑，我以为也是一个很大的原因。

但我却恳切地希望：“请愿”的事，从此可以停止了。倘用了这许多血，竟换得一个这样的觉悟和决心，而且永远纪念着，则似乎还不算是很大的折本。

世界的进步，当然大抵是从流血得来。但这和血的数量，是没有关系的，因为世上也尽有流血很多，而民族反而渐就灭亡的先例。即如这一回，以这许多生命的损失，仅博得“自蹈死地”的批判，便已将一部分人心的机微示给我们，知道在中国的死地是极其广博。

现在恰有一本罗曼罗兰的 *Le Jeu de L'Amour et de La Mort*①在我面前，其中说：加尔是主张人类为进步计，即不妨有少许污点，万不得已，也不妨有一点罪恶的；但他们却不愿意杀库尔跋齐，因为共和国不喜欢在臂膊上抱着他的死尸，因为这过于沉重。

会觉得死尸的沉重，不愿抱持的民族里，先烈的“死”是后人的“生”的唯一的灵药，但倘在不再觉得沉重的民族里，却不过是压得一同沦灭的东西。

中国的有志于改革的青年，是知道死尸的沉重的，所以总是“请愿”。殊不知别有不觉得死尸的沉重的人们在，而且一并屠杀了“知道死尸的沉重”的心。

---

① *Le Jeu de L'Amour et de La Mort*：译作“爱与死的搏斗”，是罗曼·罗兰于一九二四年创作的一部以法国大革命为题材的剧本。

死地确乎已在前面。为中国计，觉悟的青年应该不肯轻死了罢。

三月二十五日。

*本篇最初发表于一九二六年三月三十日《国民新报副刊》。

可惨与可笑

三月十八日的惨杀事件，在事后看来，分明是政府布成的罗网，纯洁的青年们竟不幸而陷下去了，死伤至于三百多人。这罗网之所以布成，其关键就全在于“流言”的奏了功效。

这是中国的老例，读书人的心里大抵含着杀机，对于异己者总给他安排下一点可死之道。就我所眼见的而论，凡阴谋家攻击别一派，光绪年间用“康党”，宣统年间用“革党”，民二以后用“乱党”，现在自然要用“共产党”了。其实，去年有些“正人君子”们称别人为“学棍”“学匪”的时候，就有杀机存在，因为这类诨号，和“臭绅士”“文士”之类不同，在“棍”“匪”字里，就藏着可死之道的。但这也许是“刀笔吏”式的深文周纳①。

去年，为“整顿学风”计，大传播学风怎样不良的流言，学匪怎样可恶的流言，居然很奏了效。今年，为“整顿学风”计，又大传播共产党怎样活动，怎样可恶的流言，又居然很奏了效。于是便将请愿者作共产党论，三百多人死伤了，如果有一个所谓共产党的首领死在里面，就更足以证明这请愿就是“暴动”。

可惜竟没有。这该不是共产党了罢。据说也还是的，但他们全都逃跑了，所以更可恶。而这请愿也还是暴动，做证据的有一根木棍，两支手枪，三瓶煤油。姑勿论这些是否群众所携

① 深文周纳：歪曲或苛刻地援用法律条文，陷人于罪。

去的东西；即使真是，而死伤三百多人所携的武器竟不过这一点，这是怎样可怜的暴动呵！

但次日，徐谦，李大钊，李煜瀛，易培基，顾兆熊的通缉令①发表了。因为他们“啸聚群众”，像去年女子师范大学生的“啸聚男生”（章士钊解散女子师范大学呈文语）一样，“啸聚”了带着一根木棍，两支手枪，三瓶煤油的群众。以这样的群众来颠覆政府，当然要死伤三百多人；而徐谦们以人命为儿戏到这地步，那当然应该负杀人之罪了；而况自己又不到场，或者全都逃跑了呢？

以上是政治上的事，我其实不很了然。但从别一方面看来，所谓“严拿”者，似乎倒是赶走；所谓“严拿”暴徒者，似乎不过是赶走北京中法大学校长兼清室善后委员会委员长（李），中俄大学校长（徐），北京大学教授（李大钊），北京大学教务长（顾），女子师范大学校长（易）；其中的三个又是俄款委员会委员：一共空出九个“优美的差缺”也。

同日就又有一种谣言，便是说还要通缉五十多人；但那姓名的一部分，却至今日才见于《京报》。这种计画，在目下的段祺瑞政府的秘书长章士钊之流的脑子里，是确实会有的。国事犯多至五十余人，也是中华民国的一个壮观；而且大概多是教员罢，倘使一同放下五十多个“优美的差缺”，逃出北京，在别的地方开起一个学校来，倒也是中华民国的一件趣事。

那学校的名称，就应该叫作“啸聚”学校。

三月二十六日。

＊本篇最初发表于一九二六年三月二十八日《京报副刊》。

---

① 通缉令：三一八惨案后段祺瑞政府以徐谦等五人“假借共产党说，啸聚群众，屡肇事端”的罪名下令通辑。

空谈

一

请愿的事，我一向就不以为然的，但并非因为怕有三月十八日那样的惨杀。那样的惨杀，我实在没有梦想到，虽然我向来常以“刀笔吏”的意思来窥测我们中国人。我只知道他们麻木，没有良心，不足与言，而况是请愿，而况又是徒手，却没有料到有这么阴毒与凶残。能逆料的，大概只有段祺瑞，贾德耀，章士钊和他们的同类罢。四十七个男女青年的生命，完全是被骗去的，简直是诱杀。

有些东西——我称之为什么呢，我想不出——说：群众领袖应负道义上的责任。这些东西仿佛就承认了对徒手群众应该开枪，执政府前原是“死地”，死者就如自投罗网一般。群众领袖本没有和段祺瑞等辈心心相印，也未曾互相钩通，怎么能够料到这阴险的辣手。这样的辣手，只要略有人气者，是万万豫想不到的。

我以为倘要锻炼群众领袖的错处，只有两点：一是还以请愿为有用；二是将对手看得太好了。

二

但以上也仍然是事后的话。我想，当这事实没有发生以前，恐怕谁也不会料到要演这般的惨剧，至多，也不过获得照例的徒劳罢了。只有有学问的聪明人能够先料到，承认凡请愿就是送死。

陈源教授的《闲话》说：“我们要是劝告女志士们，以后少加入群众运动，她们一定要说我们轻视她们，所以我们也不敢来多嘴。可是对于未成年的男女孩童，我们不能不希望他们以后不再参加任何运动。”（《现代评论》六十八）为什么呢？因为参加各种运动，是甚至于像这次一样，要“冒枪林弹雨的险，受践踏死伤之苦”的。

这次用了四十七条性命，只购得一种见识：本国的执政府前是“枪林弹雨”的地方，要去送死，应该待到成年，出于自愿的才是。

我以为“女志士”和“未成年的男女孩童”，参加学校运动会，大概倒还不至于有很大的危险的。至于“枪林弹雨”中的请愿，则虽是成年的男志士们，也应该切切记住，从此罢休！

看现在竟如何。不过多了几篇诗文，多了若干谈助。几个名人和什么当局者在接洽葬地，由大请愿改为小请愿了。埋葬自然是最妥当的收场。然而很奇怪，仿佛这四十七个死者，是因为怕老来死后无处埋葬，特来挣一点官地似的。万生园多么近，而四烈士坟前还有三块墓碑不镌一字，更何况僻远如圆明园。

死者倘不埋在活人的心中，那就真真死掉了。

三

改革自然常不免于流血，但流血非即等于改革。血的应用，正如金钱一般，吝啬固然是不行的，浪费也大大的失算。我对于这回的牺牲者，非常觉得哀伤。

但愿这样的请愿，从此停止就好。

请愿虽然是无论那一国度里常有的事，不至于死的事，但我们已经知道中国是例外，除非你能将“枪林弹雨”消除。正规的战法，也必须对手是英雄才适用。汉末总算还是人心很古的时候罢，恕我引一个小说上的典故：许褚赤体上阵，也就很中了好几箭。而金圣叹还笑他道：“谁叫你赤膊?”

至于现在似的发明了许多火器的时代，交兵就都用壕堑战。这并非吝惜生命，乃是不肯虚掷生命，因为战士的生命是宝贵的。在战士不多的地方，这生命就愈宝贵。所谓宝贵者，并非“珍藏于家”，乃是要以小本钱换得极大的利息，至少，也必须卖买相当。以血的洪流淹死一个敌人，以同胞的尸体填满一个缺陷，已经是陈腐的话了。从最新的战术的眼光看起来，这是多么大的损失。

这回死者的遗给后来的功德，是在撕去了许多东西的人相，露出那出于意料之外的阴毒的心，教给继续战斗者以别种方法的战斗。

四月二日。

＊本篇最初发表于一九二六年四月十日《国民新报副刊》。

无花的蔷薇之三

1

积在天津的纸张运不到北京，连印书也颇受战争的影响，我的旧杂感的结集《华盖集》付印两月了，排校还不到一半。可惜先登了一个预告，以致引出陈源教授的“反广告”来——

> “我不能因为我不尊敬鲁迅先生的人格，就不说他的小说好，我也不能因为佩服他的小说，就称赞他其余的文章。我觉得他的杂感，除了《热风》中二三篇外，实在没有一读之价值。”（《现代评论》七十一，《闲话》。）

这多么公平！原来我也是“今不如古”了；《华盖集》的销路，比起《热风》来，恐怕要较为悲观。而且，我的作小说，竟不料是和“人格”无关的。“非人格”的一种文字，像新闻记事一般的，倒会使教授“佩服”，中国又仿佛日见其光怪陆离了似的，然则“实在没有一读之价值”的杂感，也许还要存在罢。

2

做那有名的小说*Don Quijote*①的M. de Cervantes先生，穷则有之，说他像叫化子，可不过是一种特别流行于中国学者间的流言。他说*Don Quijote*看游侠小说看疯了，使自己去做侠客，打不平。他的亲人知道是书籍作的怪，就请了间壁的理发匠来检查；理发匠选出几部好的留下来，其余的便都烧掉了。

大概是烧掉的罢，记不清楚了；也忘了是多少种。想来，那些入选的“好书”的作家们，当时看了这小说里的书单，怕总免不了要面红耳赤地苦笑的罢。

中国虽然似乎日见其光怪陆离了。然而，乌乎哀哉！我们连“苦笑”也得不到。

3

有人从外省寄快信来问我平安否。他不熟于北京的情形，上了流言的当了。

北京的流言报，是从袁世凯称帝，张勋复辟，章士钊“整顿学风”以还，一脉相传，历来如此的。现在自然也如此。

第一步曰：某方要封闭某校，捕拿某人某人了。这是造给某校某人看，恐吓恐吓的。

第二步曰：某校已空虚，某人已逃走了。这是造给某方看，煽动煽动的。

① *Don Quijote*：指《堂吉诃德》。

又一步曰：某方已搜检甲校，将搜检乙校了。这是恐吓乙校，煽动某方的。

“平生不作亏心事，夜半敲门不吃惊。”乙校不自心虚，怎能给恐吓呢？然而，少安毋躁罢。还有一步曰：乙校昨夜通宵达旦，将赤化书籍完全焚烧矣。

于是甲校更正，说并未搜检；乙校更正，说并无此项书籍云。

4

于是连卫道的新闻记者，圆稳的大学校长也住进六国饭店，讲公理的大报也摘去招牌，学校的号房也不卖《现代评论》：大有“火炎昆冈，玉石俱焚”之概了。

其实是不至于此的，我想。不过，谣言这东西，却确是造谣者本心所希望的事实，我们可以借此看看一部分人的思想和行为。

5

中华民国九年七月直皖战争开手；八月，皖军溃灭，徐树铮等九人避入日本公使馆。这时还点缀着一点小玩意，是有一些正人君子——不是现在的一些正人君子——去游说直派武人，请他杀戮改革论者了。终于没有结果；便是这事也早从人们的记忆上消去。但试去翻那年八月的《北京日报》，还可以看见一个大广告，里面是什么大英雄得胜之后，必须廓清邪说，诛戮异端等类古色古香的名言。

那广告是有署名的，在此也无须提出。但是，较之现在专躲在暗中的流言家，却又不免令人有“今不如古”之感了。

我想，百年前比现在好，千年前比百年前好，万年前比千年前好……特别在中国或者是确凿的。

6

在报章的角落里常看见对青年们的谆谆的教诫：敬惜字纸咧；留心国学咧；伊卜生这样，罗曼罗兰那样咧。时候和文字是两样了，但含义却使我觉得很耳熟：正如我年幼时所听过的耆宿的教诫一般。

这可仿佛是“今不如古”的反证了。但是，世事都有例外，对于上一节所说的事，这也算作一个例外罢。

五月六日。

*本篇最初发表于一九二六年五月十七日《语丝》周刊第七十九期。

新的蔷薇

——然而还是无花的

因为《语丝》在形式上要改成中本了，我也不想再用老题目，所以破格地奋发，要写出“新的蔷薇”来。

——这回可要开花了？

——嗡嗡，——不见得罢。

我早有点知道：我是大概以自己为主的。所谈的道理是“我以为”的道理，所记的情状是我所见的情状。听说一月以前，杏花和碧桃都开过了。我没有见，我就不以为有杏花和碧桃。

——然而那些东西是存在的。——学者们怕要说。

——好！那么，由它去罢。——这是我敬谨回禀学者们的话。

有些讲“公理”的，说我的杂感没有一看的价值。那是一定的。其实，他来看我的杂感，先就自己失了魂了，——假如也有魂。我的话倘会合于讲“公理”者的胃口，我不也成了“公理维持会”会员了么？我不也成了他，和其余的一切会员了么？我的话不就等于他们的话了么？许多人和许多话不就等于一个人和一番话了么？

公理是只有一个的。然而听说这早被他们拿去了，所以我已经一无所有。

这回“北京城内的外国旗”，大约特别地多罢，竟使学者为之愤慨：“……至于东交民巷界线以外，无论中国人外国人，那就不能借插用外国国旗，以为保护生命财产的护符。”

这是的确的。“保护生命财产的护符”，我们自有“法律”在。

如果还不放心呢，那么，就用一种更稳妥的旗子：红卐字旗①。介乎中外之间，超于“无耻”和有耻之外，——确是好旗子！

从清末以来，“莫谈国事”的条子帖在酒楼饭馆里，至今还没有跟着辫子取消。所以，有些时候，难煞了执笔的人。

但这时却可以看见一种有趣的东西，是：希望别人以文字得祸的人所做的文字。

聪明人的谈吐也日见其聪明了。说三月十八日被害的学生是值得同情的，因为她本不愿去而受了教职员的怂恿。说“那些直接或间接用苏俄的金钱的人”是情有可原的，因为“他们自己可以挨饿，老婆子女却不能不吃饭呵！”

推开了甲而陷没了乙，原谅了情而坐实了罪；尤其是他们的行动和主张，都见得一钱不值了。

然而听说赵子昂的画马，却又是镜中照出来的自己的形相哩。

---

① 红卐字旗：当时军阀王芝祥等用佛教慈善团体的名义所组织的世界红卐字会的会旗。

因为“老婆子女却不能不吃饭”，于是自然要发生“节育问题”了。但是先前山格夫人①来华的时候，“有些志士”② 却又大发牢骚，说她要使中国人灭种。

独身主义现今尚为许多人所反对，节育也行不通。为赤贫的绅士计，目前最好的方法，我以为莫如弄一个有钱的女人做老婆。

我索性完全传授了这个秘诀罢：口头上，可必须说是为了“爱”。

“苏俄的金钱”十万元，这回竟弄得教育部和教育界发生纠葛了，因为大家都要一点。

这也许还是因为“老婆子女”之故罢。但这批卢布和那批卢布却不一样的。这是归还的庚子赔款；是拳匪“扶清灭洋”，各国联军入京的余泽。

那年代很容易记：十九世纪末，一九〇〇年。二十六年之后，我们却“间接”用了拳匪的金钱来给“老婆子女”吃饭；如果大师兄③有灵，必将爽然若失者欤。

还有，各国用到中国来做“文化事业”的，也是这一笔款……。

五月二十三日。

*本篇最初发表于一九二六年五月三十一日《语丝》周刊第八十一期。

① 山格夫人（M. Sanger，1879—1966）：今译山额夫人，美国人，积极提倡节制生育运动者。

② “有些志士”：指那些反对节育宣传的人。

③ 大师兄：义和团中较小的头领。义和团练拳，约以二十五人为一团，每团立一头领，称为大师兄。

为半农题记《何典》后，作

还是两三年前，偶然在光绪五年（1879）印的《申报馆书目续集》上看见《何典》题要，这样说：

“《何典》十回。是书为过路人编定，缠夹二先生评，而太平客人为之序。书中引用诸人，有曰活鬼者，有曰穷鬼者，有曰活死人者，有曰臭花娘者，有曰畔房小姐者：阅之已堪喷饭。况阅其所记，无一非三家村俗语；无中生有，忙里偷闲。其言，则鬼话也；其人，则鬼名也；其事，则开鬼心，扮鬼脸，钓鬼火，做鬼戏，搭鬼棚也。语曰，‘出于何典’？而今而后，有人以俗语为文者，曰‘出于《何典》’而已矣。”

疑其颇别致，于是留心访求，但不得；常维钧多识旧书肆中人，因托他搜寻，仍不得。今年半农告我已在厂甸庙市中无意得之，且将校点付印；听了甚喜。此后半农便将校样陆续寄来，并且说希望我做一篇短序，他知道我是至多也只能做短序的。然而我还很踌躕，我总觉得没有这种本领。我以为许多事是做的人必须有这一门特长的，这才做得好。譬如，标点只能让汪原放，做序只能推胡适之，出版只能由亚东图书馆；刘半农、李小峰、我，皆非其选也。然而我却决定要写几句。为什么呢？只因为我终于决定要写几句了。

还未开手，而躬逢战争，在炮声和流言当中，很不宁帖，没有执笔的心思。夹着是得知又有文士之徒在什么报上骂半农了，说《何典》广告怎样不高尚，不料大学教授而竟堕落至于斯。这颇使我凄然，因为由此记起了别的事，而且也以为“不料大学教授而竟堕落至于斯”。从此一见《何典》，便感到苦痛，再也说不出一句话。

是的，大学教授要堕落下去。无论高的或矮的，白的或黑的，或灰的。不过有些是别人谓之堕落，而我谓之困苦。我所谓困苦之一端，便是失了身分。我曾经做过《论“他妈的!”》早有青年道德家乌烟瘴气地浩叹过了，还讲身分么？但是也还有些讲身分。我虽然“深恶而痛绝之”于那些戴着面具的绅士，却究竟不是“学匪”世家；见了所谓“正人君子”固然决定摇头，但和歪人奴子相处恐怕也未必融洽。用了无差别的眼光看，大学教授做一个滑稽的，或者甚而至于夸张的广告何足为奇？就是做一个满嘴“他妈的”的广告也何足为奇？然而呀，这里用得着然而了，我是究竟生在十九世纪的，又做过几年官，和所谓“孤桐先生”同部，官——上等人——气骤不易退，所以有时也觉得教授最相宜的也还是上讲台。又要然而了，然而必须有够活的薪水，兼差倒可以。这主张在教育界大概现在已经有一致赞成之望，去年在什么公理会上一致攻击兼差的公理维持家，今年也颇有一声不响地去兼差的了，不过“大报”上决不会登出来，自己自然更未必做广告。

半农到德法研究了音韵好几年，我虽然不懂他所做的法文书，只知道里面很夹些中国字和高高低低的曲线，但总而言之，书籍具在，势必有人懂得。所以他的正业，我以为也还是将这些曲线教给学生们。可是北京大学快要关门大吉了；他兼差又没有。那么，即使我是怎样的十足上等人，也不能反对他印卖书。既要印卖，自然想多销，既想多销，自然要做广告，既做广告，自然要说好。难道有自己印了书，却发广告说这书很无聊，请列位不必看的么？说我的杂感无一读之价值的广告，那是西滢（即陈源）做的。——顺便在此给自己登一个广告罢：陈源何以给我登这样的反广告的呢，只要一看我的《华盖集》就明白。主顾诸公，看呀！快看呀！每本大洋六角，北新书局发行。

想起来已经有二十多年了，以革命为事的陶焕卿，穷得不堪，在上海自称会稽先生，教人催眠术以糊口。有一天他问我，可有什么药能使人一嗅便睡去的呢？我明知道他怕施术不验，求助于药物了。其实呢，在大众中试验催眠，本来是不容易成功的。我又不知道他所寻求的妙药，爱莫能助。两三月后，报章上就有投书（也许是广告）出现，说会稽先生不懂催眠术，以此欺人。清政府却比这干鸟人灵敏得多，所以通缉他的时候，有一联对句道："著《中国权力史》，学日本催眠术。"

《何典》快要出版了，短序也已经迫近交卷的时候。夜雨潇潇地下着，提起笔，忽而又想到用麻绳做腰带的困苦的陶焕卿，还夹杂些和《何典》不相干的思想。但序文已经迫近了交卷的时候，只得写出来，而且还要印上去。我并非将半农比附"乱党"，——现在的中华民国虽由革命造成，但许多中华民国国民，都仍以那时的革命者为乱党，是明明白白的，——不过说，在此时，使我回忆从前，念及几个朋友，并感到自己的依然无力而已。

但短序总算已经写成，虽然不像东西，却究竟结束了一件事。我还将此时的别的心情写下，并且发表出去，也作为《何典》的广告。

五月二十五日之夜，碰着东壁下，书。

* 本篇最初发表于一九二六年六月七日《语丝》周刊第八十二期。

记“发薪”

下午，在中央公园里和C君做点小工作①，突然得到一位好意的老同事的警报，说，部里今天发给薪水了，计三成；但必须本人亲身去领，而且须在三天以内。

否则？

否则怎样，他却没有说。但这是“洞若观火”的，否则，就不给。

只要有银钱在手里经过，即使并非檀越②的布施，人是也总爱逞逞威风的，要不然，他们也许要觉到自己的无聊，渺小。明明有物品去抵押，当铺却用这样的势利脸和高柜台；明明用银元去换铜元，钱摊却帖着“收买现洋”的纸条，隐然以“买主”自命。钱票当然应该可以到负责的地方去换现钱，而有时却规定了极短的时间，还要领签，排班，等候，受气；军警督压着，手里还有国粹的皮鞭。

不听话么？不但不得钱，而且要打了！

我曾经说过，中华民国的官，都是平民出身，并非特别种族。虽然高尚的文人学士或新闻记者们将他们看作异类，以为比自己格外奇怪，可鄙可嗤；然而从我这几年的经验看来，却委实不很特别，一切脾气，却与普通的同胞差不多，所以一到

① C君，指齐寿山。“做点小工作”指翻译《小约翰》。

② 檀越：梵语音译，意即施主。

经手银钱的时候，也还是照例有一点借此威风一下的嗜好。

“亲领”问题的历史，是起源颇古的，中华民国十一年，就因此引起过方玄绰的牢骚，我便将这写了一篇《端午节》。但历史虽说如同螺旋，却究竟并非印板，所以今之与昔，也还是小有不同。在昔盛世，主张“亲领”的是“索薪会”——呜呼，这些专门名词，恕我不暇一一解释了，而且纸张也可惜。——的骁将，昼夜奔走，向国务院呼号，向财政部坐讨，一旦到手，对于没有一同去索的人的无功受禄，心有不甘，用此给吃一点小苦头的。其意若曰，这钱是我们讨来的，就同我们的一样；你要，必得到这里来领布施。你看施衣施粥，有施主亲自送到受惠者的家里去的么？

然而那是盛世的事。现在是无论怎么“索”，早已一文也不给了，如果偶然“发薪”，那是意外的上头的嘉惠，和什么“索”丝毫无关。不过临时发布“亲领”命令的施主却还有，只是已非善于索薪的骁将，而是天天“画到”，未曾另谋生活的“不贰之臣”了。所以，先前的“亲领”是对于没有同去索薪的人们的罚，现在的“亲领”是对于不能空着肚子，天天到部的人们的罚。

但这不过是一个大意，此外的事，倘非身临其境，实在有些说不清。譬如一碗酸辣汤，耳闻口讲的，总不如亲自呷一口的明白。近来有几个心怀叵测的名人间接忠告我，说我去年作文，专和几个人闹意见，不再论及文学艺术，天下国家．是可惜的。殊不知我近来倒是明白了，身历其境的小事，尚且参不透，说不清，更何况那些高尚伟大，不甚了然的事业？我现在只能说说较为切己的私事，至于冠冕堂皇如所谓“公理”之类，就让公理专家去消遣罢。

总之，我以为现在的“亲领”主张家，已颇不如先前了，这就是“孤桐先生”之所谓“每况愈下”。而且便是空牢骚如方玄绰者，似乎也已经很寥寥了。

“去！”我一得警报，便走出公园，跳上车，径奔衙门去。

一进门，巡警就给我一个立正举手的敬礼，可见做官要做得较大，虽然阔别多日，他们也还是认识的。到里面，不见什么人，因为办公时间已经改在上午，大概都已亲领了回家了。觅得一位听差，问明了“亲领”的规则，是先到会计科去取得条子，然后拿了这条子，到花厅里去领钱。

就到会计科，一个部员看了一看我的脸，便翻出条子来。我知道他是老部员，熟识同人，负着“验明正身”的重大责任的；接过条子之后，我便特别多点了两个头，以表示告别和感谢之至意。

其次是花厅了，先经过一个边门，只见上帖纸条道：“丙组”，又有一行小注是“不满百元”。我看自己的条子上，写的是九十九元，心里想，这真是“人生不满百，常怀千岁忧。……”同时便直撞进去。看见一个和我差不多大的官，说道这“不满百元”是指全俸而言，我的并不在这里，是在里间。

就到里间，那里有两张大桌子，桌旁坐着几个人，一个熟识的老同事就招呼我了；拿出条子去，签了名，换得钱票，总算一帆风顺。这组的旁边还坐着一位很胖的官，大概是监督者，因为他敢于解开了官纱——也许是纺绸，我不大认识这些东西。——小衫，露着胖得拥成折叠的胸肚，使汗珠雍容地越过了折叠往下流。

这时我无端有些感慨，心里想，大家现在都说“灾官”“灾官”，殊不知“心广体胖”的还不在少呢。便是两三年前教员正嚷索薪的时候，学校的教员预备室里也还有人因为吃得太饱了，咳的一声，胃中的气体从嘴里反叛出来。

走出外间，那一位和我差不多大的官还在，便拉住他发牢骚。

“你们怎么又闹这些玩艺儿了？”我说。

“这是他的意思……。”他和气地回答，而且笑嘻嘻的。

“生病的怎么办呢？放在门板上抬来么？”

“他说：这些都另法办理……。”

我是一听便了然的，只是在“门——衙门之门——外汉”怕不易懂，最好是再加上一点注解。这所谓“他”者，是指总长或次长而言。此时虽然似乎所指颇蒙胧，但再掘下去，便可以得到指实，但如果再掘下去，也许又要更朦胧。总而言之，薪水既经到手，这些事便应该“适可而止，毋贪心也”的，否则，怕难免有些危机。即如我的说了这些话，其实就已经不大妥。

于是我退出花厅，却又遇见几个旧同事，闲谈了一回。知道还有“戊组”，发给已经死了的人的薪水的，这一组大概无须“亲领”。又知道这一回提出“亲领”律者，不但“他”，也有“他们”在内。所谓“他们”者，粗粗一听，很像“索薪会”的头领们，但其实也不然，因为衙门里早就没有什么“索薪会”，所以这一回当然是别一批新人物了。

我们这回“亲领”的薪水，是中华民国十三年二月份的。因此，事前就有了两种学说。一，即作为十三年二月的薪水发给。然而还有新来的和新近加俸的呢，可就不免有向隅之感。于是第二种新学说自然起来：不管先前，只作为本年六月份的薪水发给。不过这学说也不大妥，只是“不管先前”这一句，就很有些疵病。

这个办法，先前也早有人苦心经营过。去年章士钊将我免职之后，自以为在地位上已经给了一个打击，连有些文人学士们也喜得手舞足蹈。然而他们究竟是聪明人，看过“满床满桌满地”的德文书的，即刻又悟到我单是抛了官，还不至于一败涂地，因为我还可以得欠薪，在北京生活。于是他们的司长刘百昭便在部务会议席上提出，要不发欠薪，何月领来，便作为何月的薪水。这办法如果实行，我的受打击是颇大的，因为就受着经济的迫压。然而终于也没有通过。那致命伤，就在“不管先前”上；而刘百昭们又不肯自称革命党，主张不管什么，都从新来一回。

所以现在每一领到政费，所发的也还是先前的钱；即使有人今年不在北京了，十三年二月间却在，实在也有些难于说是现今不在，连那时的曾经在此也不算了。但是，既然又有新的学说起来，总得采纳一点，这采纳一点，也就是调和一些。因此，我们这回的收条上，年月是十三年二月的，钱的数目是十五年六月的。

这么一来，既然并非“不管先前”，而新近升官或加俸的又可以多得一点钱，可谓比较的周到。于我是无益也无损，只要还在北京，拿得出“正身”来。

翻开我的简单日记一查，我今年已经收了四回俸钱了：第一次三元；第二次六元；第三次八十二元五角，即二成五，端午节的夜里收到的；第四次三成，九十九元，就是这一次。再算欠我的薪水，是大约还有九千二百四十元，七月份还不算。

我觉得已是一个精神上的财主；只可惜这“精神文明”是不很可靠的，刘百昭就来动摇过。将来遇见善于理财的人，怕还要设立一个“欠薪整理会”，里面坐着几个人物，外面挂着一块招牌，使凡有欠薪的人们都到那里去接洽。几天或几月之后，人不见了，接着连招牌也不见了；于是精神上的财主就变了物质上的穷人了。

但现在却还的确收了九十九元，对于生活又较为放心，趁闲空来发一点议论再说。

七月二十一日。

* 本篇最初发表于一九二六年八月十日《莽原》半月刊第十五期。

记　谈　话

鲁迅先生快到厦门去了，虽然他自己说或者因天气之故而不能在那里久住，但至少总有半年或一年不在北京，这实在是我们认为很使人留恋的一件事。八月二十二日，女子师范大学学生会举行毁校周年纪念，鲁迅先生到会，曾有一番演说，我恐怕这是他此次在京最后的一回公开讲演，因此把它记下来，表示我一点微弱的纪念的意思。人们一提到鲁迅先生，或者不免觉得他稍微有一点过于冷静，过于默视的样子，而其实他是无时不充满着热烈的希望，发挥着丰富的感情的。在这一次谈话里，尤其可以显明地看出他的主张；那么，我把他这一次的谈话记下，作为他出京的纪念，也许不是完全没有重大的意义罢。我自己，为免得老实人费心起见，应该声明一下：那天的会，我是以一个小小的办事员的资格参加的。

〔培良①〕

我昨晚上在校《工人绥惠略夫》，想要另印一回，睡得太迟了，到现在还没有很醒；正在校的时候，忽然想到一些事情，弄得脑子里很混乱，一直到现在还是很混乱，所以今天恐怕不能有什么多的话可说。

提到我翻译《工人绥惠略夫》的历史，倒有点有趣。十二年前，欧洲大混战开始了，后来我们中国也参加战事，就是所谓“对德宣战”；派了许多工人到欧洲去帮忙；以后就打胜

① 指向培良。

了，就是所谓“公理战胜”。中国自然也要分得战利品，——有一种是在上海的德国商人的俱乐部里的德文书，总数很不少，文学居多，都搬来放在午门的门楼上。教育部得到这些书，便要整理一下，分类一下，——其实是他们本来分类好了的，然而有些人以为分得不好，所以要从新分一下。——当时派了许多人，我也是其中的一个。后来，总长要看看那些书是什么书了。怎样看法呢？叫我们用中文将书名译出来，有义译义，无义译音，该撒①呀，克来阿派忒拉②呀，大马色③呀……。每人每月有十块钱的车货，我也拿了百来块钱，因为那时还有一点所谓行政费。这样的几里古鲁了一年多，花了几千块钱，对德和约成立了，后来德国来取还，便仍由点收的我们全盘交付，——也许少了几本罢。至于“克来阿派忒拉”之类，总长看了没有，我可不得而知了。

据我所知道的说，“对德宣战”的结果，在中国有一座中央公园里的“公理战胜”的牌坊，在我就只有一篇这《工人绥惠略夫》的译本，因为那底本，就是从那时整理着的德文书里挑出来的。

那一堆书里文学书多得很，为什么那时偏要挑中这一篇呢？那意思，我现在有点记不真切了。大概，觉得民国以前，以后，我们也有许多改革者，境遇和绥惠略夫很相像，所以借借他人的酒杯罢。然而昨晚上一看，岂但那时，譬如其中的改革者的被迫，代表的吃苦，便是现在，——便是将来，便是几十年以后，我想，还要有许多改革者的境遇和他相像的。所以我打算将它重印一下……。

① 该撒：今译恺撒。

② 克来阿派忒拉：今译克莉奥佩特拉（Cleopatra，前69—前30），古埃及女王，以美艳著称。

③ 大马色：今译大马士革（Damascus），叙利亚首都。

《工人绥惠略夫》的作者阿尔志跋绥夫是俄国人。现在一提到俄国，似乎就使人心惊胆战。但是，这是大可以不必的，阿尔志跋绥夫并非共产党，他的作品现在在苏俄也并不受人欢迎。听说他已经瞎了眼睛，很在吃苦，那当然更不会送我一个卢布……。总而言之：和苏俄是毫不相干。但奇怪的是有许多事情竟和中国很相像，譬如，改革者，代表者的受苦，不消说了；便是教人要安本分的老婆子，也正如我们的文人学士一般。有一个教员因为不受上司的辱骂而被革职了，她背地里责备他，说他"高傲"得可恶，"你看，我以前被我的主人打过两个嘴巴，可是我一句话都不说，忍耐着。究竟后来他们知道我冤枉了，就亲手赏了我一百卢布。"自然，我们的文人学士措辞决不至于如此拙直，文字也还要华赡得多。

然而绥惠略夫临末的思想却太可怕。他先是为社会做事，社会倒迫害他，甚至于要杀害他，他于是一变而为向社会复仇了，一切是仇仇，一切都破坏。中国这样破坏一切的人还不见有，大约也不会有的，我也并不希望其有。但中国向来有别一种破坏的人，所以我们不去破坏的，便常常受破坏。我们一面被破坏一面修缮着，辛辛苦苦地再过下去。所以我们的生活，便成了一面受破坏，一面修补，一面受破坏，一面修补的生活了。这个学校，也就是受了杨荫榆章士钊们的破坏之后，修补修补，整理整理，再过下去的。

俄国老婆子式的文人学士也许说，这是"高傲"得可恶了，该得惩罚。这话自然很像不错的，但也不尽然。我的家里还住着一个乡下人，因为战事，她的家没有了，只好逃进城里来。她实在并不"高傲"，也没有反对过杨荫榆，然而她的家没有了，受了破坏。战事一完，她一定要回去的，即使屋子破了，器具抛了，田地荒了，她也还要活下去。她大概只好搜集一点剩下的东西，修补修补，整理整理，再来活下去。

中国的文明，就是这样破坏了又修补，破坏了又修补的疲乏伤残可怜的东西。但是很有人夸耀它，甚至于连破坏者也夸耀它。便是破坏本校的人，假如你派他到万国妇女的什么会里去，请他叙述中国女学的情形，他一定说，我们中国有一个国立北京女子师范大学在。

这真是万分可惜的事，我们中国人对于不是自己的东西，或者将不为自己所有的东西，总要破坏了才快活的。杨荫榆知道要做不成这校长，便文事用文士的“流言”，武功用三河的老妈，总非将一班“毛鸦头”① 赶尽杀绝不可。先前我看见记载上说的张献忠屠戮川民的事，我总想不通他是什么意思；后来看到别一本书，这才明白了：他原是想做皇帝的，但是李自成先进北京，做了皇帝了，他便要破坏李自成的帝位。怎样破坏法呢？做皇帝必须有百姓；他杀尽了百姓，皇帝也就谁都做不成了。既无百姓，便无所谓皇帝，于是只剩了一个李自成，在白地上出丑，宛如学校解散后的校长一般。这虽然是一个可笑的极端的例，但有这一类的思想的，实在并不止张献忠一个人。

我们总是中国人，我们总要遇见中国事，但我们不是中国式的破坏者，所以我们是过着受破坏了又修补，受破坏了又修补的生活。我们的许多寿命白费了。我们所可以自慰的，想来想去，也还是所谓对于将来的希望。希望是附丽于存在的，有存在，便有希望，有希望，便是光明。如果历史家的话不是诳话，则世界上的事物可还没有因为黑暗而长存的先例。黑暗只能附丽于渐就灭亡的事物，一灭亡，黑暗也就一同灭亡了，它不永久。然而将来是永远要有的，并且总要光明起来；只要不做黑暗的附着物，为光明而灭亡，则我们一定有悠久的将来，

---

① “毛鸦头”：吴稚晖对北京女子师范大学学生蔑称。

而且一定是光明的将来。

我赴这会的后四日，就出北京了。在上海看见日报，知道女师大已改为女子学院的师范部，教育总长任可澄自做院长，师范部的学长是林素园。后来看见北京九月五日的晚报，有一条道："今日下午一时半，任可澄特同林氏，并率有警察厅保安队及军督察处兵士共四十左右，驰赴女师大，武装接收。……"原来刚一周年，又看见用兵了。不知明年这日，还是带兵的开得校纪念呢，还是被兵的开毁校纪念？现在姑且将培良君的这一篇转录在这里，先作一个本年的纪念罢。

一九二六年十月十四日，鲁迅附记。

* 本篇最初发表于一九二六年八月二十八日《语丝》周刊第九十四期。原题《记鲁迅先生的谈话》，署名培良。

上海通信

小峰兄：

别后之次日，我便上车，当晚到天津。途中什么事也没有，不过刚出天津车站，却有一个穿制服的，大概是税吏之流罢，突然将我的提篮拉住，问道“什么?”我刚答说“零用什物”时，他已经将篮摇了两摇，扬长而去了。幸而我的篮里并无人参汤榨菜汤或玻璃器皿，所以毫无损失，请勿念。

从天津向浦口，我坐的是特别快车，所以并不嚣杂，但挤是挤的。我从七年前护送家眷到北京①以后，便没有坐过这车；现在似乎男女分坐了，间壁的一室中本是一男三女的一家，这回却将男的逐出，另外请进一个女的去。将近浦口，又发生一点小风潮，因为那四口的一家给茶房的茶资太少了，一个长壮伟大的茶房便到我们这里来演说，“使之闻之”。其略曰：钱是自然要的。一个人不为钱为什么？然而自己只做茶房图几文茶资，是因为良心还在中间，没有到这边（指腋下介）去！自己也还能卖掉田地去买枪，招集了土匪，做个头目；好好地一玩，就可以升官，发财了。然而良心还在这里（指胸骨介），所以甘心做茶房，赚点小钱，给儿女念念书，将来好好过活。……但，如果太给自己下不去了，什么不是人做的事要做也会做出来！我们一堆共有六个人，谁也没有反驳他。听说后来是添了一块钱完事。

---

① 一九一九年十二月，鲁迅回绍兴接母亲等家眷到北京，同住八道湾。

我并不想步勇敢的文人学士们的后尘，在北京出版的周刊上斥骂孙传芳大帅。不过一到下关，记起这是投壶①的礼义之邦的事来，总不免有些滑稽之感。在我的眼睛里，下关也还是七年前的下关，无非那时是大风雨，这回却是晴天。赶不上特别快车了，只好趁夜车，便在客寓里暂息。挑夫（即本地之所谓“夫子”）和茶房还是照旧地老实；板鸭，插烧，油鸡等类，也依然价廉物美。喝了二两高粱酒，也比北京的好。这当然只是“我以为”；但也并非毫无理由：就因为它有一点生的高粱气味，喝后合上眼，就如身在雨后的田野里一般。

正在田野里的时候，茶房来说有人要我出去说话了。出去看时，是几个人和三四个兵背着枪，究竟几个，我没有细数；总之是一大群。其中的一个说要看我的行李。问他先看那一个呢？他指定了一个麻布套的皮箱。给他解了绳，开了锁，揭开盖，他才蹲下去在衣服中间摸索。摸索了一会，似乎便灰心了，站起来将手一摆，一群兵便都“向后转”，往外走出去了。那指挥的临走时还对我点点头，非常客气。我和现任的“有枪阶级”接洽，民国以来这是第一回。我觉得他们倒并不坏；假使他们也如自称“无枪阶级”的善造“流言”，我就要连路也不能走。

向上海的夜车是十一点钟开的，客很少，大可以躺下睡觉，可惜椅子太短，身子必须弯起来。这车里的茶是好极了，装在玻璃杯里，色香味都好，也许因为我喝了多年井水茶，所以容易大惊小怪了罢，然而大概确是很好的。因此一共喝了两杯，看看窗外的夜的江南，几乎没有睡觉。

在这车上，才遇见满口英语的学生，才听到“无线电”

① 投壶：古代宴会时的一种娱乐。宾主依次投矢壶中，负者饮酒。

“海底电”这类话。也在这车上，才看见弱不胜衣的少爷，绸衫尖头鞋，口嗑南瓜子，手里是一张《消闲录》① 之类的小报，而且永远看不完。这一类人似乎江浙特别多，恐怕投壶的日子正长久哩。

现在是住在上海的客寓里了；急于想走。走了几天，走得高兴起来了，很想总是走来走去。先前听说欧洲有一种民族，叫作“吉柏希②”的，乐于迁徙，不肯安居，私心窃以为他们脾气太古怪，现在才知道他们自有他们的道理，倒是我糊涂。

这里在下雨，不算很热了。

鲁迅。八月三十日，上海。

* 本篇最初发表于一九二六年十月二日《语丝》周刊第九十九期。

① 《消闲录》：上海出版的一种无聊小报。一八九七年（清光绪二十三年）十一月创刊。

② 吉柏希（Gypsy）：今译吉卜赛。

续编的续编

这半年我又看见了许多血和许多泪，
然而我只有“杂感”而已。

泪揩了，血消了；
屠伯们逍遥复逍遥，
用钢刀的，用软刀的。
然而我只有“杂感”而已。

连“杂感”也被“放进了应该去的地方”时，
我于是只有“而已”而已！

十月十四夜，校讫记。

厦门通信

在厦门岛的四个月，只做了几篇无聊文字，除去最无聊者，还剩六篇，称为《华盖集续编的续编》，总算一年中所作的杂感全有了。

一九二七年一月八日，鲁迅记。

H. M. 兄①：

我到此快要一个月了，懒在一所三层楼上，对于各处都不大写信。这楼就在海边，日夜被海风呼呼地吹着。海滨很有些贝壳，检了几回，也没有什么特别的。四围的人家不多，我所知道的最近的店铺，只有一家，卖点罐头食物和糕饼，掌柜的是一个女人，看年纪大概可以比我长一辈。

风景一看倒不坏，有山有水。我初到时，一个同事便告诉我：山光海气，是春秋早暮都不同。还指给我石头看：这块像老虎，那块像癞虾蟆，那一块又像什么什么……。我忘记了，其实也不大相像。我对于自然美，自恨并无敏感，所以即使恭逢良辰美景，也不甚感动。但好几天，却忘不掉郑成功的遗迹。离我的住所不远就有一道城墙，据说便是他筑的。一想到除了台湾，这厦门乃是满人入关以后我们中国的最后亡的地方，委实觉得可悲可喜。台湾是直到一六八三年，即所谓

① H. M. 兄：鲁迅对许广平的戏称。H. M. 为汉语拼音 HaiMa 的缩写，读为“害马”，意即害群之马，因许广平在女师大风潮中曾被杨荫榆称为“害群之马”。

“圣祖仁皇帝”① 二十二年才亡的，这一年，那“仁皇帝”们便修补“十三经”和“二十一史”的刻板。现在呢，有些国民巴不得读经；殿板②“二十一史”也变成了宝贝，古董藏书家不惜重资，购藏于家，以贻子孙云。然而郑成功的城却很寂寞，听说城脚的沙，还被人盗运去卖给对面鼓浪屿的谁，快要危及城基了。有一天我清早望见许多小船，吃水很重，都张着帆驶向鼓浪屿去，大约便是那卖沙的同胞。

周围很静；近处买不到一种北京或上海的新的出版物，所以有时也觉得枯寂一些，但也看不见灰烟瘴气的《现代评论》。这不知是怎的，有那么许多正人君子，文人学者执笔，竟还不大风行。

这几天我想编我今年的杂感了。自从我写了这些东西，尤其是关于陈源的东西以后，就很有几个自称“中立”的君子给我忠告，说你再写下去，就要无聊了。我却并非因为忠告，只因环境的变迁，近来竟没有什么杂感，连结集旧作的事也忘却了。前几天的夜里，忽然听到梅兰芳“艺员”的歌声，自然是留在留声机里的，像粗糙而钝的针尖一般，刺得我耳膜很不舒服。于是我就想到我的杂感，大约也刺得佩服梅“艺员”的正人君子们不大舒服罢，所以要我不再做。然而我的杂感是印在纸上的，不会振动空气，不愿见，不翻他开来就完了，何必冒充了中立来哄骗我。我愿意我的东西躺在小摊上，被愿看的买去，却不愿意受正人君子赏识。世上爱牡丹的或者是最多，但也有喜欢曼陀罗花或无名小草的，朋其还将霸王鞭种在茶壶里当盆景哩。不过看看旧稿，很有些太不清楚了，你可以给我抄一点么？

---

① “圣祖仁皇帝”：清朝康熙皇帝，名爱新觉罗·玄烨。

② 殿板：指清朝武英殿所刻的书，以讹误较少、字迹清晰著称。

此时又在发风，几乎日日这样，好像北京，可是其中很少灰土。我有时也偶然去散步，在丛葬中，这是 Borel① 讲厦门的书上早就说过的：中国全国就是一个大墓场。墓碑文很多不通：有写先妣某而没有儿子的姓名的；有头上横写着地名的；还有刻着“敬惜字纸”四字的，不知道叫谁敬惜字纸。这些不通，就因为读了书之故。假如问一个不识字的人，坟里的人是谁，他道父亲；再问他什么名字，他说张二；再问他自己叫什么，他说张三。照直写下来，那就清清楚楚了。而写碑的人偏要舞文弄墨，所以反而越舞越糊涂，他不知道研究“金石例”② 的，从元朝到清朝就终于没有了局。

我还同先前一样；不过太静了，倒是什么也不想写。

鲁迅。九月二十三日。

＊本篇最初发表于厦门《波艇》月刊第一号（原刊未注明出版年月，当为一九二六年十二月）。

① Borel：荷兰人亨利·包立尔。清末来华，长期居住在北京、厦门、漳州、广州等地，著有《新中国》、《无为》等有关中国的专书。

② “金石例”：元代潘昂霄著《金石例》十卷，述墓志碑文的写作体例。

厦门通信（二）

小峰兄：

《语丝》百一和百二期，今天一同收到了。许多信件一同收到，在这里是常有的事，大约每星期有两回。我看了这两期的《语丝》特别喜欢，恐怕是因为他们已经超出了一百期之故罢。在中国，几个人组织的刊物要出到一百期，实在是不容易的。

我虽然在这里，也常想投稿给《语丝》，但是一句也写不出，连"野草"也没有一茎半叶。现在只是编讲义。为什么呢？这是你一定了然的：为吃饭。吃了饭为什么呢？倘照这样下去，就是为了编讲义。吃饭是不高尚的事，我倒并不这样想。然而编了讲义来吃饭，吃了饭来编讲义，可也觉得未免近于无聊。别的学者们教授们又作别论，从我们平常人看来，教书和写东西是势不两立的，或者死心塌地地教书，或者发狂变死地写东西，一个人走不了方向不同的两条路。

忽然记起一件事来了，还是夏天罢，《现代评论》上仿佛曾有正人君子之流说过：因为骂人的小报流行，正经的文章没有人看，也不能印了。我很佩服这些学者们的大才。不知道你可能替我调查一下，他们有多少正经文章的稿子"藏于家"，给我开一个目录？但如果是讲义，或者什么民法八万七千六百五十四条之类，那就不必开，我不要看。

今天又接到漱园兄的信，说北京已经结冰了。这里却还只穿一件夹衣，怕冷就晚上加一件棉背心。宋玉先生的什么

“皇天平分四时兮窃独悲此凛秋，白露既下百草兮奄离披此梧楸”等类妙文，拿到这里来就完全是“无病呻吟”。白露不知可曾“下”了百草，梧楸却并不离披，景象大概还同夏末相仿。我的住所的门前有一株不认识的植物，开着秋葵似的黄花。我到时就开着花的了，不知道他是什么时候开起的；现在还开着；还有未开的蓓蕾，正不知道他要到什么时候才肯开完。“古已有之”，“于今为烈”，我近来很有些怕敢看他了。还有鸡冠花，很细碎，和江浙的有些不同，也红红黄黄地永是这样一盆一盆站着。

我本来不大喜欢下地狱，因为不但是满眼只有刀山剑树①，看得太单调，苦痛也怕很难当。现在可又有些怕上天堂了。四时皆春，一年到头请你看桃花，你想够多么乏味？即使那桃花有车轮般大，也只能在初上去的时候，暂时吃惊，决不会每天做一首“桃之夭夭”的。

然而荷叶却早枯了；小草也有点萎黄。这些现象，我先前总以为是所谓“严霜”之故，于是有时候对于那“凛秋”不免口出怨言，加以攻击。然而这里却没有霜，也没有雪，凡萎黄的都是“寿终正寝”，怪不得别个。呜呼，牢骚材料既被减少，则又有何话之可说哉！

现在是连无从发牢骚的牢骚，也都发完了。再谈罢。从此要动手编讲义。

鲁迅。十一月七日。

*本篇最初发表于一九二六年十一月二十七日《语丝》周刊一〇七期。

---

① 刀山剑树：佛教所宣扬的地狱酷刑。

厦门通信（三）

小峰兄：

二十七日寄出稿子两篇，想已到。其实这一类东西，本来也可做可不做，但是一则因为这里有几个少年希望我耍几下，二则正苦于没有文章做，所以便写了几张，寄上了。本地也有人要我做一点批评厦门的文字，然而至今一句也没有做，言语不通，又不知各种底细，从何说起。例如这里的报纸上，先前连日闹着“黄仲训霸占公地”的笔墨官司，我至今终于不知道黄仲训何人，曲折怎样，如果竟来批评，岂不要笑断真的批评家的肚肠。但别人批评，我是不妨害的。以为我不准别人批评者，诬也①；我岂有这么大的权力。不过倘要我做编辑，那么，我以为不行的东西便不登，我委实不大愿意做一个莫名其妙的什么运动的傀儡。

前几天，卓治②睁大着眼睛对我说，别人胡骂你，你要回骂。还有许多人要看你的东西，你不该默不作声，使他们迷惑。你现在不是你自己的了。我听了又打了一个寒噤，和先前听得有人说青年应该学我的多读古文时候相同。呜呼，一戴纸冠，遂成公物，负“帮忙”之义务，有回骂之必须，然则固不如从速坍台，还我自由之为得计也。质之高明，未识以为然否？

① 此处驳斥高长虹。

② 卓治：魏兆淇，字卓治，福建福州人。一九二六年九月从上海南洋大学转学厦门大学。

今天也遇到了一件要打寒噤的事。厦门大学的职务，我已经都称病辞去了。百无可为，溜之大吉。然而很有几个学生向我诉苦，说他们是看了厦门大学革新的消息而来的，现在不到半年，今天这个走，明天那个走，叫他们怎么办？这实在使我夹脊梁发冷，哑口无言。不料“思想界权威者”或“思想界先驱者”这一顶“纸糊的假冠”，竟又是如此误人子弟。几回广告（却并不是我登的），将他们从别的学校里骗来，而结果是自己倒跑掉了，真是万分抱歉。我很惋惜没有人在北京早做黑幕式的记事，将学生们拦住。“见面时一谈，不见时一战”哲学，似乎有时也很是误人子弟的。

你大约还不知道底细，我最初的主意，倒的确想在这里住两年，除教书之外，还希望将先前所集成的《汉画象考》[1] 和《古小说钩沉》印出。这两种书自己印不起，也不敢请你印。因为看的人一定很少，折本无疑，惟有有钱的学校才合适。及至到了这里，看看情形，便将印《汉画象考》的希望取消，并且自己缩短年限为一年。其实是已经可以走了，但看着语堂的勤勉和为故乡做事的热心，我不好说出口。后来豫算不算数了，语堂力争；听说校长就说，只要你们有稿子拿来，立刻可以印。于是我将稿子拿出去，放了大约至多十分钟罢，拿回来了，从此没有后文。这结果，不过证明了我确有稿子，并不欺骗。那时我便将印《古小说钩沉》的意思也取消，并且自己再缩短年限为半年。语堂是除办事教书之外，还要防暗算，我看他在不相干的事情上，弄得力尽神疲，真是冤枉之至。

前天开会议，连国学院的周刊也几乎印不成了；然而校长

① 《汉画象考》：鲁迅准备编印的一部关于美术考古的专书。

的意思，却要添顾问，如理科主任之流，都是顾问，据说是所以连络感情的。我真不懂厦门的风俗，为什么研究国学，就会伤理科主任之流的感情，而必用顾问的绳，将他络住？联络感情法我没有研究过；兼士①又已辞职，所以我决计也走了。现在去放假不过三星期，本来暂停也无妨，然而这里对于教职员的薪水，有时是锱铢必较的，离开学校十来天也想扣，所以我不想来沾放假中的薪水的便宜，至今天止，扣足一月。昨天已经出题考试，作一结束了。阅卷当在下月，但是不取分文。看完就走，刊物请暂勿寄来，待我有了驻足之所，当即函告，那时再寄罢。

临末，照例要说到天气。所谓例者，我之例也；怕有批评家指为我要勒令天下青年都照我的例，所以特此声明：并非如此。天气，确已冷了。草也比先前黄得多；然而我那门前的秋葵似的黄花却还在开着，山里也还有石榴花。苍蝇不见了，蚊子间或有之。

夜深了，再谈罢。

鲁迅。十二月三十一日。

再：睡了一觉醒来，听到柝声，已经是五更了。这是学校的新政，上月添设，更夫也不止一人。我听着，才知道各人的打法是不同的，声调最分明地可以区别的有两种——

托，托，托，托托！

托，托，托托！托。

① 兼士：沈兼士（1887—1947），浙江吴兴人。文字学家。曾任厦门大学文科国学系主任兼国学研究院主任。

打更的声调也有派别，这是我先前所不知道的。并以奉告，当作一件新闻。

*本篇最初发表于一九二七年一月十五日《语丝》周刊第一一四期。

海上通信

小峰兄：

前几天得到来信，因为忙于结束我所担任的事，所以不能即刻奉答。现在总算离开厦门坐在船上了。船正在走，也不知道是在什么海上。总之一面是一望汪洋，一面却看见岛屿。但毫无风涛，就如坐在长江的船上一般。小小的颠簸自然是有的，不过这在海上就算不得颠簸；陆上的风涛要比这险恶得多。

同舱的一个是台湾人，他能说厦门话，我不懂；我说的蓝青官话①，他不懂。他也能说几句日本话，但是，我也不大懂得他。于是乎只好笔谈，才知道他是丝绸商。我于丝绸一无所知，他于丝绸之外似乎也毫无意见。于是乎他只得睡觉，我就独霸了电灯写信了。

从上月起，我本在搜集材料，想趁寒假的闲空，给《唐宋传奇集》做一篇后记，准备付印，不料现在又只得搁起来。至于《野草》，此后做不做很难说，大约是不见得再做了，省得人来谬托知己，舐皮论骨，什么是“入于心”的。但要付印，也还须细看一遍，改正错字，颇费一点工夫。因此一时也不能寄上。

我直到十五日才上船，因为先是等上月份的薪水，后来是等船。在最后的一星期中，住着实在很为难，但也更懂了一些

① 蓝青官话：夹杂方言的普通话。蓝青比喻不纯粹。

新的世故，就是，我先前只以为要饭碗不容易，现在才知道不要饭碗也是不容易的。我辞职时，是说自己生病，因为我觉得无论怎样的暴主，还不至于禁止生病；倘使所生的并非气厥病，也不至于牵连了别人。不料一部分的青年不相信，给我开了几次送别会，演说，照相，大抵是逾量的优礼，我知道有些不妥了，连连说明：我是戴着“纸糊的假冠”的，请他们不要惜别，请他们不要忆念。但是，不知怎地终于发生了改良学校运动，首先提出的是要求校长罢免大学秘书刘树杞博士①。

听说三年前，这里也有一回相类的风潮，结果是学生完全失败，在上海分立了一个大夏大学。那时校长如何自卫，我不得而知；这回是说我的辞职，和刘博士无干，乃是胡适之派和鲁迅派相排挤，所以走掉的。这话就登在鼓浪屿的日报《民钟》上，并且已经加以驳斥。但有几位同事还大大地紧张起来，开会提出质问；而校长却答复得很干脆：没有说这话。有的还不放心，更给我放散别种的谣言②，要减轻“排挤说”的势力。真是“天下纷纷，何时定乎？”如果我安心在厦门大学吃饭，或者没有这些事的罢，然而这是我所意料不到的。

校长林文庆③博士是英国籍的中国人，开口闭口，不离孔子，曾经做过一本讲孔教的书，可惜名目我忘记了。听说还有一本英文的自传，将在商务印书馆出版；现在正做着《人种问题》。他待我实在是很隆重，请我吃过几回饭；单是饯行，

---

① 刘树杞：字楚青，湖北新埔人。时任厦门大学秘书兼理科主任。鲁迅因不满厦门大学当局而辞职后，有人误以为是被刘树杞排挤，引发了一场“驱逐刘树杞”、“重建新厦大”的风潮。

② 别种的谣言：由黄坚（白果）等人散布，如说鲁迅之不在厦大，是因为许广平（月亮）不在之故。黄坚原为北京女子师范大学职员，经顾颉刚推荐至厦门大学工作。

③ 林文庆（1869—1957），字梦琴，福建海澄人。时任厦门大学校长兼国学研究院院长。

就有两回。不过现在“排挤说”倒衰退了；前天所听到的是他在宣传，我到厦门，原是来捣乱，并非豫备在厦门教书的，所以北京的位置都没有辞掉。

现在我没有到北京，“位置说”大概又要衰退了罢，新说如何，可惜我已在船上，不得而知。据我的意料，罪孽一定是日见其深重的，因为中国向来就是“当面输心背面笑”①，正不必“新的时代”② 的青年才这样。对面是“吾师”和“先生”，背后是毒药和暗箭，领教了已经不只两三次了。

新近还听到我的一件罪案，是关于集美学校的。厦门大学和集美学校，都是秘密世界，外人大抵不大知道。现在因为反对校长，闹了风潮了。先前，那校长叶渊③定要请国学院里的人们去演说，于是分为六组，每星期一组，凡两人。第一次是我和语堂。那招待法也很隆重，前一夜就有秘书来迎接。此公和我谈起，校长的意思是以为学生应该专门埋头读书的。我就说，那么我却以为也应该留心世事，和校长的尊意正相反，不如不去的好罢。他却道不妨，也可以说说。于是第二天去了，校长实在沉鸷得很，殷勤劝我吃饭。我却一面吃，一面愁。心里想，先给我演说就好了，听得讨厌，就可以不请我吃饭；现在饭已下肚，倘使说话有背谬之处，适足以加重罪孽，如何是好呢。午后讲演，我说的是照例的聪明人不能做事，因为他想来想去，终于什么也做不成等类的话。那时校长坐在我背后，我看不见。直到前几天，才听说这位叶渊校长也说集美学校的闹风潮，都是我不好，对青年人说话，那里可以说人是不必想来想去的呢。当我说到这里的时候，他还在后面摇摇头。

我的处世，自以为退让得尽够了，人家在办报，我决不自

① “当面输心背面笑”：当面赤诚相见，背后暗箭伤人的意思。

② “新的时代”的青年：指高长虹。

③ 叶渊：字采真，福建安溪人。时任集美学校校长。

行去投稿；人家在开会，我决不自己去演说。硬要我去，自然也可以的，但须任凭我说一点我所要说的话，否则，我宁可一声不响，算是死尸。但这里却必须我开口说话，而话又须合于校长之意。我不是别人，那知道别人的意思呢？“先意承志”①的妙法，又未曾学过。其被摇头，实活该也。

但从去年以来，我居然大大地变坏，或者是进步了。虽或受着各方面的斫刺，似乎已经没有创伤，或者不再觉得痛楚；即使加我罪案，也并不觉着一点沉重了。这是我经历了许多旧的和新的世故之后，才获得的。我已经管不得许多，只好从退让到无可退避之地，进而和他们冲突，蔑视他们，并且蔑视他们的蔑视了。

我的信要就此收场。海上的月色是这样皎洁；波面映出一大片银鳞，闪烁摇动；此外是碧玉一般的海水，看去仿佛很温柔。我不信这样的东西是会淹死人的。但是，请你放心，这是笑话，不要疑心我要跳海了，我还毫没有跳海的意思。

鲁迅。一月十六夜，海上。

＊本篇最初发表于一九二七年二月十二日《语丝》周刊第一一八期。

① “先意承志”：比喻事先揣摩别人意图然后主动投合。